中阿典籍互译出版工程

مشروع تبادل الترجمة والنشر بين الصين والدول العربية

[黎巴嫩] 吉妮·法沃兹·哈桑 著

高宇霄 译

الطابق ٩٩

第99层

五洲传播出版社

图书在版编目 (CIP) 数据

第99层 / (黎巴嫩) 吉妮·法沃兹著;高宇霄译. -- 北京:五洲传播出版社,2024.1

ISBN 978-7-5085-5109-8

Ⅰ.①第… Ⅱ.①吉… ②高… Ⅲ.①长篇小说−黎巴嫩−现代 Ⅳ.①I378.45

中国国家版本馆CIP数据核字(2023)第172237号

出 版 人:关　宏
责任编辑:杨　雪
装帧设计:清　君
内文设计:马　凤

第99层

作　　者:吉妮·法沃兹·哈桑(黎巴嫩)
译　　者:高宇霄
出版发行:五洲传播出版社
地　　址:北京市海淀区北三环中路31号生产力大楼B座6层
邮　　编:100088
发行电话:010-82005927,010-82007837
网　　址:http://www.cicc.org.cn,http://www.thatsbooks.com
印　　刷:北京市房山腾龙印刷厂
版　　次:2024年1月第1版第1次印刷
开　　本:710 mm×1000 mm　1/16
印　　张:14.75
字　　数:220千字
定　　价:88.00元

也许祖国并非一个真实的地方，但不能否认她的存在。

——［美］詹姆斯·鲍德温①

① 　詹姆斯·鲍德温（James Baldwin，1924—1987），美国黑人作家、散文家、戏剧家和社会评论家，其代表作《向苍天呼吁》与赖特的《土地生子》和埃里森的《看不见的人》并列为20世纪四五十年代美国黑人文学的典范。

目录

第一章

1

2000 年春　纽约

刚开始和海伊莱达在一起的时候，我着迷于她在镜中的影像，有时注视着她的倩影，便遗忘了时间。我会特意带她去一些诸如咖啡馆等挂满了镜子的场所。我为她镜中的影像感到痴迷，镜像似乎比她本人更迷人。我故意在她本人和镜中倒影间创造一段距离，因为只有这样，一个人身上所隐藏的特质才更接近其最真实的模样。注视灵魂的美丽需要极大的勇气。

从她蜜糖色的双眼，到她精致的鼻子、丰满的双唇，以及唇鼻之间的小小凹陷，目之所及都让我感到痴迷。她上唇与鼻尖之间的湿润部分总是充满诱惑。她手指的长度和掌心的大小也十分诱人。一个人的手仿佛总泄露着身体其他部分的秘密。

我专注地望着她，当她也看向我时，我便将目光转向镜子。独处的时候，我会在脑海中把真实可触的海伊莱达和镜子里的她做比较。甚至疯狂到后来我开始在镜子面前跟她做爱，并且要求她也看着镜子，观察她身体的动作。我看到她羞涩地看着自己的臀和小腿，她笑着把头埋在我怀里。彼时，她那柔软的咖啡色长发倾泻下来，漫过她的双肩和上臂，就像那个在难民营用自己的生命佑护我周全的女人。

当海伊莱达逐渐开始享受"镜子游戏"的时候，我却觉得厌倦了，甚至希望自己从来没有教过她这些，这其中的缘由我至今也说不清，就好像是她发现了我的秘密，或是偷走了我对真实和镜像的想象。我怕她会超越自己，意识到那些隐藏在她身上的潜力，然后将其变为现实。

另一个变化则是当海伊莱达看着镜子时，我就无法继续做爱。我不再享受"镜子游戏"，每当她在做爱时看镜中的自己，我便怒火中烧，等待时间快点过去，等她像以前那样，羞涩地把头埋进我的身体里。但等待的时间却变得越来越长。观察了镜中的我们之后，海伊莱达不再转向我的身体，而是犀利地注视着我，并把我拉向她。我只能用力量让她屈服，渐渐地让她瘫软融化在我双手之间。

在我教会她如何追求自我，像个痴傻之人无意中向她吐露了我的秘密之后，我的小宝贝儿便逃走了。每当她固执地看着镜子时，我也愈加牢牢地盯着她，让她专注于自己、我和我们。她睁开双眼迎接我的吻。我只在她屈服于快感时才觉得踏实，那代表着她已全身投入欢爱，而不知世事。

我已很久没有仔细看过自己的脸了，有时差点就忘记了那道疤痕的存在，疤痕从双眼一直延伸到我的左脸颊。实际上，我从未试图遗忘那道永久的伤痕，但有时也会忘记，全然忘记，就像我们在生活中遗忘的那些琐事，若非巧合或灵光闪现，我们绝不会把它想起来。

跟海伊莱达在一起后，我遗忘了很多事情，仿佛这些事情从未发生：萨布拉和夏蒂拉街区的集市、路人身上的汗渍味，以及失去家园之后的人们在难民营里搭起的像纸盒一样脆弱的屋子和混乱的房间。彼时在"那里"生活的亲戚穆罕默德将其称为"立锥之地"。那片愤怒的土地，仿佛随时要将我们吞噬，她之所以不满并非因为我们的占领，而是因为我们带来的绝望和对解脱的渴求令她感同身受。既来之则安之，数米长的水泥墙切断了我们的过去和回忆，并迫使我们接受："那里"即现实，未来不可期。这就是难民营的模样，既不是家，也不是国，除了那些凌乱的陋所，别无他有。

我忘却了脸上的伤疤和那条瘸了的腿，还有医生警告我的不能承受之痛。我忘却了身体的沉重、日复一日地担忧和疲惫。我真的忘了吗？还只是佯装遗忘？所谓遗忘，不过是让手术暂停，时间一到，手术还是要继续。

地铁就要临近终点了，我和爱人都握紧了彼此的手，好像觉得对方的心在逃走，紧到指甲刺破皮肤，渗出鲜血；就好像握紧爱情之初的火把，怕它会消逝，只要点着火，便会常燃不灭。

等待与她相见的时间总是过得很快。我会发自内心、不由自主地笑，思考哪些话题我们还没有聊过，这样一来等待的时间既不会白白浪费，还能充分地想象海伊莱达的样子：她会穿什么衣服？那条宽松的衬裙，还是她最喜欢的紫色连衣裙？她会用哪一款香水？如果我记住了香水的名字，她会不会生气？她吃饭的时候会如何动嘴巴？会笑几次？又会给我讲她朋友的什么八卦？会跟我倾诉对谁的抱怨？会不会给我表演她新创作的舞蹈动作？还是会让我安坐在沙发上，看她翩翩起舞？

每当想起海伊莱达，我便觉得那原本吞噬了我面容、制造了疤痕的细胞又活了过来，新鲜而雀跃。皮肤在血肉深处获得了新生。

金风玉露一相逢，便胜却人间无数。

她抱怨我总是无法常伴她左右，于是我的小宝贝决定疏远我。她开始变着花样把时间表排满。自那时起，每当我们拥抱，我都用尽力气，仿佛要让自己窒息。每当我用双手环住她，把她拉入我的怀里，我总会感觉有一段距离阻隔着我们身体的进一步交融。她纤细的腰肢好像被什么拉扯着往后退，故意躲避我。即使在我们最亲密的时刻，我也有同样的感觉，好像我们中间的距离在把她越推越远。

我有时会在半夜醒来，坐在床边，静静地看着她。她的身体一半盖着被子，另一半裸露在外。我想唤醒她，跟她彻夜长谈。只要制造一点噪音，她就会发现我又失眠了，然后问我是否一切安好。同样的情况已经发生几十次了，只要我突然地咳嗽或者假装起来取水杯，她就会睁开眼睛，伸手抚摸我，表示她陪伴在侧，让我安心。而我则会抛出一个无关紧要的问题，并滔滔不绝地打开话匣，有时这样的聊天会一直持续到黎明。

在海伊莱达专心听完我的絮叨时，我总能重新陷入睡眠，紧闭双眼，再无畏惧，那种放松无可比拟。我从来没有注意到，我的爱人在一次次地陪我彻夜长谈之后，却无法再次入睡。她就躺在我的身边，我却没有想过她梦见了什么，或者扪心自问是否夺走了她的睡意，或是打扰了她的美梦。而我只为了满足自己，为了把心里的忧愁一吐而快后，继续酣睡。

现在，我不忍心再摧毁或打扰她的睡眠。一旦想要抚摸她的发梢，将其轻绕于指尖，我的双手就会发抖。她就睡在我的床上，近在咫尺，我却觉得她远在天涯，好像我再也追不上她，好像我要等一个世纪才能得到她的吻或一句让我心灰意冷的话。好像就算她永远呼唤我"亲爱的"，我和她之间的感情也是名存实亡。她待在我身边，反而成为一种折磨，而我也不知道这一切是不是我罪有应得。

我下床走向房门，拐杖就靠在门上。但是我没有碰它，我绕开它用那条瘸腿在屋内缓缓踱步。我故意加快步伐，在地板上拖着步子，仿佛希望我的下半身，特别是左半边，能摔倒在地，以此摆脱沉重的负担。

突然，我觉得这样并不能如我如愿。我想再次向自己证明，我还是那个钢铁般的男人，可以走路，可以不断前进。我与自己的身体对抗着，与之争吵。我骂它、冲它发火，然后怜悯它，拥抱它。

当我终于感到累的时候，我的腿也达到了承受的极限，变得麻木而失去知觉。我在那条宽大的红色沙发椅上躺下，它跟客厅中间摆的棕色椅子和木桌一样，都是海伊莱达亲自挑选的。实际上，当海伊莱达搬来与我一起同住之后，她便换掉了家里所有的家具：水晶装饰花瓶、银质的器皿、樱桃和桑葚味道的香薰蜡烛、现代风格的彩色窗帘、浴室里橙色和白色的瓷砖。对于她选的所有东西，我全盘接受。

虽然在多年的贫穷之后，我现在终于称得上富有，但是我仍旧没有什么高雅的品位，那仿佛是权贵阶级与生俱来的，我们穷人好像永远也学不来。我只买过一些普通的白色藤椅和几件互不搭配的家具。在她改变家里的摆设之前，我从未意识到它们的匮乏和陈旧，深橄榄色和咖啡色覆盖了家里的每个角落，仿佛是我昔日居所的影子，我好像在无意中把难民营搬到了这里。

看着眼前的房间，我笑了，双脚的疼痛感也已减轻，这是战胜自我的笑。我轻声哼起一段安达卢西亚的小调，以掩盖我心中的孤独，减轻回忆带来的压迫感。

唱歌也是一种抵抗，那些监狱中的囚犯们不也是用歌唱来代替呻吟吗？他们婉转的歌喉，如同黑暗中的一线光明，他们感受着自己的声音，至少还能歌唱。我一边哼着歌，一边回忆那些被夺走自由的俘虏们，直至我的神智变得模糊，我梦见自己的歌声飘向他们，加入了他们的合唱，那歌声越来越高，仿佛要打碎一道道牢房的门。

2

那天早上，海伊莱达把我叫醒后，用手指轻轻地抚摸着我的脸，并呢喃着我的名字："马吉德……马吉德……我亲爱的马吉德……"她不停地呼唤我，直到我睁开双眼看到她此刻的样子。她笑了，我也对着她笑，在那几秒钟里我们相对无言，但彼此心照不宣。

"我给你做好咖啡了。瞧，我给你买了一只新杯子。"她指着床头的柜子说道。那是个白色的大咖啡杯，上面刻着"bing hug mug"的红色字样。"这是 kate spade 的设计，我昨天在时代广场买的。其实，我买了好多东西，给妈妈和姐姐买了几对蒂芬妮的耳环。你知道我妈那个人，给她的礼物必须是最奢侈的珠宝，让她可以在朋友面前炫耀……你怎么不说话呀？不喜欢这个杯子吗？"她的语速很快，像是在逃避谈话的重点。我们心照不宣地拖延着时间，尽量不触碰那个话题，不去面对现实。上周，她很平静地告诉我，她要回贝鲁特处理一些事情。

"什么事？"我问她，"有什么事？那里跟你已经没关系了。你的生活在这里，你的工作也在这里，你为什么要回去？"

海伊莱达没有回答，仿佛她想给我机会来最大限度地表示对此事的反对。"那我呢？你有没有想过，你如果很久不回来，我没有你会怎样？"我的爱人继续选择沉默，就像给我机会来尽可能地抱怨、求她留下。终于我明白了她的意图，于是闭上嘴，不看她，也不再说话。

死寂般的沉默持续了几分钟，她开始向我解释这次旅行的缘由，告诉我她对"这里"和"那里"的纠结从未停止。她说，她非常急迫地需要回到那里，只有面对那片土地，她才能明白她此刻的立场。她说，她想家了，那些逝去的时光越久远就越深刻，并让人感到痛苦。然后她再次向我保证，她一定会回来，我们的爱情不会因此消亡。

"我不是要离开你。我只是需要回到自己的国家，哪怕待几个礼拜。我想弄清楚现在的自己。没有任何事情能撼动我俩的爱。"

"你如果走了，那么我们的爱情也就完了……你会陷入他们的世界，你会相信他们说的那些关于我的事情。"

"不会那样的。"

"你会怎么跟别人说？我在跟一个巴勒斯坦瘸子谈恋爱？"

"我什么也不会说，我回去不是为了跟他们说什么。请试着相信我，你不是一个巴勒斯坦瘸子，你是我爱的男人。"

"去吧。你一旦去了，就意味着很多事情会发生改变。"

"你在威胁我？"

"我只是告诉你。"

她试着直视我的目光，但是双眼里却充满心碎和伤感。她选择了沉默，以避免与我争论下去。也许某一刻，她希望我能宽慰她，对她说我们来日方长，我们可以一起填满她余生的记忆，而我会誓死捍卫"我们"，请求她哪里也不要去，并和我一

8

起留在纽约，说服她相信自己属于这个国家，山姆大叔也决不同意她离开。但是我没有这么做，而是故意残忍地说道，祝她旅途顺利，我会尝试等她，还会让自己在她不在的时候过得充实。我的语气盛气凌人，不像一个恋人应该做的那样，对他的女人说他会一直等她回来，即使她不在，他的心也伴她左右。

我凶狠地瞪着她，盯着她的双肩，然后我们面对面盯着对方，彼此出现在对方的瞳孔里，好像在比赛，看谁先移开目光。我希望她先眨眼，希望她伤心和害怕。但是她没有任何变化，而是固执地决不退让。这激怒了我。

此刻的我们是多么狼狈无助，我们急需一个拥抱来让身体紧密相依。欲望在心中翻滚，时而强烈，时而微弱。我盯着海伊莱达的双肩，她的颈长和肩宽是如此协调，我多想拥抱她，并告诉她，她是多么的美丽；我多想把她留在这里，紧贴着我的心。但是我并没有这么做，而是告诉她我接受她的决定，显得像一个文明的男人，但实际上我却一边害怕得要死，一边假装大方。

在接下来的几天里，她开始收拾行李，准备远行。我就在一边远远地看着，她仔细地把裙子一条条地叠好，然后在箱子里摆放整齐。当我一想到家里将不再有她的东西，便心中一颤。早晨，我将再也看不到她牙刷上挂着的水珠，梳妆台上的梳子将不再有她的头发，地板上也不再出现她丢下的内衣。

那段日子里，衣柜都被她的东西填满反而让我不再觉得烦心，我想告诉她可以随便使用任何东西。睡觉的时候，她可以把我挤到床边上，把被子都抢走。她可以独享电视机看任何喜欢的节目。对于她在家里霸道的表现，我也不再有任何怨言。

只要能在夜晚拥她入眠，我就感到满足而愿长睡不醒。

我还记得那个晚上，我把头埋在她的胸前，靠近她心脏的位置。我沉默不语，她却哭了，不是号啕大哭，而是每隔一会儿，泪水就像断了线的珠子落下来，一滴又一滴。每一滴都落在我的头顶，像是一个个吻在诉说着故事，更像是抱怨我的不理解，以及亲手摧毁了伟大的爱情。

当时，我觉得自己好像是一只母猫，在吞食着自己生下的那些先天不足的幼仔。但她仍在那里，我没办法吃掉她。如果我们的爱情挽回无望，如果离开让她如此伤心，那她为什么还要走？

"我不是因为你而哭，我哭是因为我自己……有一天，你一定会明白的。"

但是我并不明白，为什么女人们的行为总是暧昧模糊。我不明白，究竟过去的什么东西如此有诱惑力，让她觉得自己需要它。我也不明白，为什么她对回忆念念不忘。我曾经以为她不一样，以为她与那些绝情的女人一样，会把不好的回忆用力踢开，而决不回头。我以为她总有一天会为了我踢出这一脚。放弃她的痛苦对我来说不可避免，我必须提前应对。

出发的日期到了。我站在家门口不远处，一边看着司机帮她把行李搬到车上，一边思考还有什么办法可以阻止她离开，比如说锁上院子的大门，再假装丢了钥匙，或者把轮胎弄漏气，让她不能准时到达机场。但实际上，我无法坚决地反对她的决定，因为我希望她能发自内心地选择留下。

能激励我克服障碍的只有她对我的渴望，只要能够让她快乐、让我保护她，只要她需要我，并在想起我的时候眼睛会闪耀光芒。如果她留下仅是出于同情，那么这比她的离开更让我感到失败。

如果她出于人道主义强迫自己留下来照顾我，或是担心抛下我这样一个有社交恐惧症、面有伤疤的残疾人，而遭受良心的谴责，那么她既是在欺骗我，又是在欺骗自己，这对我来说才是巨大的打击。就如同在强调我身体的残缺，仿佛我需要的是一张担架，而不是一个女人。我从来没想过把自己变成一个依赖别人的人。我一生都在为此抗争。

我希望她把我当作一个完整的男人来看待，而她也是以一个女人的身份和我在一起，从头到脚、彻彻底底的女人，而不是在照看一个未老先衰的病人。我希望她会因为我的抚摸而颤抖，就像鸟巢里的幼鸟在雌鸟羽翼庇护下的颤抖，就像小猫在主人突如其来的抚摸下战栗而逃。

这使我的行为在她面前变的不一样，我修正着它，努力将它塑造得更完美。我试着宽慰自己，她会在旅途中明白她早已是我的猎物，并已经习惯了这所牢笼，而以此为家。她也将明白逃离牢笼只会带来毁灭。她会回到我身边，给予我亲吻和欢笑，就像她平时那样。当她意识到我是对的，她自己也会表示认同。

3

2000 年　纽约机场

海伊莱达走了。她走的那天穿着一件薄如蝉翼的白色衬衣和一条牛仔喇叭裤，拖着两个紫色的大行李箱。她走了，我站在机场走廊上注视着她，仿佛不相信她这次离开之后还会回来。我看着她拖着箱子频频回望，不住地向我挥手，直到她的身影消失在拥挤的旅客中。

我环顾四周，幻想着她会突然出现在我身后的某扇门里。最终，我的目光落在"约翰·F.肯尼迪机场"的牌子上。这位传奇人物的名字让我陷入了沉思，甚至不知道为什么我会拿他跟自己做比较。我还记得他担任美国 PT-109 艇艇长时的英雄事迹。1943 年，他的战艇受到日本驱逐舰的撞击后，他接连几个晚上英勇奋战，最终将 9 名船员救上了岸。这一事件使他变成了一位民族英雄，但也摧毁了他的身体，导致他后来的残疾。悲剧总是有两副面孔，一面是英雄主义，另一面是毁灭。仿佛伟大即等同于绝望和伤痛。

我大概就这样在原地等了半个小时，一次也没有低头看手表。等待也是我努力接受现实的一种方式，好像大脑已停止了运转，出窍的灵魂只能和身体一起坐在机场的长椅上，任由它完全瘫痪在那里。我没有发觉自己已在那里停留了很久，直到有一个行人经过我身边时，他的手提箱掉落在地上发出了噪音，我才把目光从机场的地板上移开。我看到人们有的正准备远行，有的在翘首盼望与爱人见面，人群不断地从我身边经过，可为什么他们都没能阻止她的离开？我对于周遭的一切萌生了前所未有的恨意，我想对着眼前所有的陌生人大喊。在她登机的那一刻，我的胸口仿佛被挖了一个洞，随着飞机越飞越高，这个洞也会越变越大。失去的感觉让人变得残缺，如一块被丢弃的烂布，空虚、缺失、愤怒、一无所有。我就像一件无法修补的衣服，再也无法恢复从前的样子。

现在海伊莱达已经走了，我决心控制自己的愤怒，如同我之前承诺的，不把自己的遭遇归咎于她，对她需要远离的需求表示尊重。而在内心深处，我只想推倒这尊文明绅士的雕像，而不是假装心胸宽广地面对失去，以"这就是生活"来自我安慰。不，我想抓住她的头发，把她拉到我面前，让她留在这里。如果她抱怨或者抗议，那么我会想尽办法让她住嘴，像一个完整而健全的男人那样和她做爱，用双臂环抱着她，让她满足而快乐地入睡。

我想对她说，我不是那个"完美的理想男人"，我内心深处有一头可怕的怪兽，它蛰居在我的皮囊里，时不时地在我身体里膨胀，我急切地想把它赶走。但是我能做什么来报复海伊莱达呢？没有。我唯一能做的就是使自己与她隔离，当她打电话来问好的时候，不接电话。这就是我唯一敢做得对她的惩罚。

从机场回家的路上，我一直在思索失去的意义。为什么我们认为自己值得拥有某些人，觉得在某些时候他们不能离开我们？我试着用乌托邦式的理由来欺骗自己，我想离开也是有好处的，比如让我们意识到所爱之人的重要性或强调他们的存在感。爱人之间是需要距离感的，生活会顺其自然地把我们所需之人送入怀中。

我应该把失去看作一件暂时而非永久的事情，一件人生中必须经历的阶段性的事情。我的想法就这样在积极和消极之间摇摆着，我开始想，或许失去是永恒的，否则为什么死亡徘徊在我们周围，夺走我们所爱之人？为什么有些人死去之后，他们的样子只暂时停留在我们脑海中，之后便消失不见？海伊莱达在人群中离去的样子是否会成为她留在我记忆中最后的画面？

如果我追上她，冷静地陪着她，把在纽约时没对她说过的事情都解释清楚，那么也许是另一种结局。如果我去了"那里"，那个我决心要遗忘的地方，也许就会找到其他的词汇或者新的说辞，或许更有说服力和吸引力。这是我一生都在努力绘制的画面：在她回来的时候，拒绝她，以其人之道还治其人之身。然后，尽我所能地与生活抗争，淡化伤痛。

我不愿向这愚蠢的结局投降。假如她从贝鲁特打来电话，只为告诉我她已不再爱我，故土让她万分思念，她的根已深深地留在了那里。这正如人们常说的，所有的远游和停靠的驿站都只是旅行的一部分，何时返程则由命运决定。

而我所做的，不过是试图抗拒回归故土，同时把过去从记忆中抹去，如同一切从未发生。然后忘记我的身份和国家，事实上我也并不了解那个国家，我拒绝承认自己归属于这世上的任何地方。

我身处全世界最重要的国家，每天路过帝国大厦的时候，还是会惊奇地看着那102层的高楼，感慨着这些高耸入云的大厦。假如我站在这大楼之顶，就仿佛踏上了世界之巅，凌驾于其他国度之上，当然也包括贝鲁特和我从未了解过的巴勒斯坦。

但当我站这里，站在帝国大厦99层的办公室窗前眺望世界时，根本看不到难民营的踪影，巴勒斯坦也如那些遗失的国家一样，即使我勇敢地去营救它，它也不会回应我的呼唤。在这间办公室里，我能呼风唤雨，它对我既温暖亲切，又骄傲专横。假如我是室内装修方面的专家，这间办公室将是另外一副样子。

我的办公室呈富有现代感的椭圆形，铺着黑白相间的大理石地砖，门边摆放着一座维纳斯的半身石像，这是代表美、爱和富饶的罗马女神。墙边摆着一个灰色的长沙发，沙发对面有一张玻璃桌子，上面摆着最新款的苹果牌台式电脑和一本公司最新推出的游戏说明手册。

对我来说，这间办公室有着超越一切的重要性，它意味着冒险、启程、探索、创新和逃离权威。但它同时也是地狱，每当我付出努力并给它新的想法时，它就会跟我索要更多的东西。这个地方像一头张着大嘴并微笑着引诱你的野兽，它把你卷入了工业和速度的洪流，不断地创造幻觉以及并不存在的角色，然后把孩子们也带入这个快速而恐怖的世界。

你想远离这个世界，但已经迷恋于它，让你欲罢不能，直到游戏结束。比如我们最新开发的F1赛车游戏，它能给人一种拥有了权威的感觉，玩家不论是孩子还是成年人，都仿佛变成了职业赛车手，在赛车偏离轨道的时候能够力挽狂澜使其回到正轨，就算是可怕的车祸也阻挡不了他们前进。游戏让他们觉得一切都可以被原谅，甚至死亡也不能阻挡他们穿越终点线。唯一重要的感受，就是迅速取胜的快感。

在这个至高点，我总像一个永远在逃亡的人。很长一段时间里，我曾成功地忘记了过去，或者说假装遗忘。但海伊莱达的出现改变了一切，她用丰盛的爱，撕下我的层层伪装，让我赤身裸体地置身于一个挂满镜子的房间。我回到家里看向镜中的自己，却只看到了碎片。

4

1982 年　黎巴嫩　萨布拉和夏蒂拉难民营[①]

"妈妈！妈妈！"

"怎么了？"

"爸爸让我告诉你，我们今天必须去布尔吉[②]的扎哈拉舅妈那里，今晚会有危险。"

"你爸爸为什么不和我们一起？我们怎么去扎哈拉舅妈那里？"

还没等母亲问完问题，我们就听到了头顶的轰炸声，炮弹声从四面八方朝我们袭来。怀孕让她的身体变得沉重而行动不便。衣服太过宽大，以至于还有一部分拖在身后。她正在厨房里忙着洗盘子，再用一块廉价的手帕把它们擦干，因为经常放在大锅里和其他衣物一起煮沸消毒，手帕的边缘已经破了。

---

① 位于黎巴嫩贝鲁特西南部的巴勒斯坦难民营，1982 年 9 月 16 日，以色列军队和黎巴嫩长枪党民兵对萨布拉和夏蒂拉两个难民营进行了长达 40 个小时的大屠杀，死亡人数为 700—3500 人。

② 此处指布尔吉巴拉吉纳难民营（Burj Barajneh），位于黎巴嫩贝鲁特南郊。

母亲听到外面的枪炮声后，紧紧地关上了家里的门窗，并把手放在腹部，嘴中呢喃着我听不懂的话，来咒骂战争、离散和这混乱的一切。她回到厨房，拿出几个土豆开始削皮。当时的我理解不了她这种神奇的能力，外面炮火轰鸣不断，她却能继续忙于手中的活计，好像她已经习惯了杀戮，可以置身事外，继续原来的生活。

　　我的心跳越来越快，我走进厨房拉她的衣服，让她放下土豆停下手里的活，让她认识到事情不妙。她转向我说我们还要再等一会儿，等外面的情况缓和一点再去扎哈拉舅妈那里。我们听到剧烈的敲门声和父亲的叫喊声，让我们赶紧给他开门。她终于放下手中的土豆和削皮刀。她的手上粘着土豆皮上的泥土，于是用衣服将手擦净，一边取钥匙，一边让父亲冷静一点。

　　"求安拉惩罚他们。"

　　"哎呀，现在没有时间求安拉了。情况不妙，我们赶紧去布尔吉那边吧。我抛下学生，回来找你们。"

　　"五天不见人影，你终于回来了。"

　　"女人啊，没时间抱怨了。"

　　父亲那担忧的声音至今还回荡在我耳边。我的腿被炮弹击中后，他抱着我逃跑的画面也历历在目。父亲把一个箱子和两个袋子放在门口，我并不知道里面有什么。就在开门的那一瞬间，我的腿被击中了。一切发生得都太快了，以致我完全没有意识到发生了什么。我只感到了鲜血从脸上流下来，还不知道是炮弹碎片也击中了我的脸。父亲冲向我，母亲尖叫起来，催促他带我去加沙医院。他抱着我奔跑起来，我的血和他额头上流下的汗水混在一起，之后我就完全失去了知觉。

"你带着孩子快走，我收拾一下就走，走！"

"我怎么能抛下你自己走？"

"别担心！你快走吧！"

父亲还是走了，带着我逃离了死亡，他再也没能回到母亲和那个未出生的胎儿身边。夏蒂拉难民营被闪光弹包围之后，震惊世界的大屠杀就开始了。难民营尸横遍野，父亲没能穿越逃难的人潮去救母亲。如果当时她也跟我们一起逃出来，如果她比我们先到了扎拉哈舅妈家，如果她没有怀孕，那么也许父亲就不会在屠杀之后变成另外一个人，那个原本骄傲的英雄就不会变成一个被战争和悲剧击垮的男人。

大屠杀发生的日期是 1982 年 9 月 16 日，准确地说是下午5 点钟，那段历史不仅以数字的形式被铭记，还是一幅幅关于生离死别的画面。每当回忆过去，当时的情景就碎片般断断续续地出现，残酷无比。

尽管父亲带着我逃离难民营的时候轰炸并未结束，但屠杀在我的脑海里总是无声的。大屠杀最可怕的部分不是它的残酷，回到那个横尸遍野的地方才是最让人痛苦的，受害者们沉默地躺在那里，甚至在死去的时候也没有进行最后的挣扎。

锅还在炉子上，锅里还炖着女人们削好的土豆，晾衣绳上还挂着没干的衣服，垃圾袋还等着被拎出屋外，然而所有这一切都在那一天静止，再也没有等到主人把它们带走。

那个悲剧与所有的战争悲剧一样，并未在停火的那一刻结束，反而才刚刚开始，从那一具具破碎的尸体开始。死者没有像电影里那般在病床上微笑着告别人世，而是满目恐惧地死于屠杀。

后来我看了大屠杀的照片，听了那些幸存者描述的情景之后，我认为死亡的样子就等于刽子手、刀和充满了恐惧的眼神。以至于当我听到一些人自然死亡的消息，比如说病故，我的脑海里就会浮现出大屠杀中人们被刀砍杀或者遭受枪击的场景。这样的想象让我产生了深深的恐惧感，以至于现在我甚至希望自己能闭着眼睛，躺在床上，在沉睡中死去。

在难民营封锁之前，父亲抱着我四处寻找出口。那天早上，难民营里弥漫着奇怪的气味，我们就像是两只老鼠，冥冥之中感觉到捕杀者的存在，却又不知道危险在哪里。最终我们逃出了难民营，与此同时全面封锁和大屠杀也开始了。

我不知道母亲是如何被杀害的，那些武装分子中是否有人强奸了她？他们是否剖开了她怀孕的肚子？我知道很多女人都没有逃过这样的命运。还有那些土豆，它们怎样了？

据幸存者说，当我们的邻居、法沃兹的妹妹爬到被杀死的母亲胸前，想用嘴含住乳头的时候，却被士兵一枪打死了。另一个邻居赛义德，试图跟士兵们顽抗到底，结果被他们狠踢私处、吐口水，直到气绝身亡。我之前不明白什么叫"用口水杀死他"。口水不会杀人，但会侮辱。没有人知道我母亲遭遇了什么，一点流言都没有，没有人提到她的嘶喊是否回荡在难民营的上空，没有人数过有多少颗子弹击中了她的身体，没有人知道。

一个叫阿布·哈桑的邻居在屠杀中奇迹还生，因为他成功地躲在了窗台下面。武装分子的声音传来时，只有他一个人在家。他没能出去找他的孩子和妻子，因为他知道一旦走出家门，便必死无疑。"这个世界上最艰难的事情，莫过于你眼睁睁地看着所爱的人被杀害，却束手无策。"他对父亲如是说道，他苦涩地咬着嘴唇，布满皱纹的唇间露出被阿拉伯香烟熏黄的牙齿，唯一的那颗金牙闪闪发光。

他说武装分子进入了他家，把房子翻了个底朝天，而他则躲在窗台上不敢呼吸。他感觉自己好像是一个被丢在地上的瘸子，虽然水离他只有几米，但他花费了几个小时都没有爬过去。"我们不是男人！我们根本什么也不是！"他这样对我父亲说道。

在大屠杀之后，关于死亡的故事数不胜数。女人们咒骂着阿拉伯人和阿拉伯民族的劣根性。死者被装在尼龙袋子里，无名的尸体则被埋在地下。黑色袋子里如果装的是完整的尸身，而不是支离破碎的尸块，那么这个死者可以说很走运了。有时候，一个人的手和另一个人的脚被装在一起，不分你我，只要尸身完整即可。死者被埋进集体坟墓，没有人拥有自己的棺木。

"妈妈在哪里？"在知道了一切后，我问父亲。

他没有回答。

"她的尸体在哪里？有人看到尸体吗？"

父亲沉默着。

"孩子呢，爸爸，孩子怎么样了？

沉默。

他什么也没说，连续好几天，他什么都没有回答。

过了一段日子之后，我的伤好了一点。当我再一次问他的时候，他告诉我："你妈妈回巴勒斯坦了，她要在那里把孩子生下来……你妈妈回巴勒斯坦了，我们都会回到那里。"他就这样回答了我难缠的问题，却没有说哪一天我们才会回去。此后，"回去"成了父亲的梦，他把自己编造的谎言当了真，而忘了那只是对未成年儿子说的谎言。

父亲在世时，一直相信他会回到加利利①，相信母亲并没有死，她在"卡夫尔亚西夫"②等着他，她在那里生下了孩子，盼着我们去探望她。他总是描述那孩子的样子——我的弟弟，我不明白为什么他坚信我母亲怀的是男孩。每次听父亲这么说，我便觉得尴尬，不知道该相信他还是揭穿他。如果我提出怀疑，那这对父亲来说无疑是羞辱。但是有一次我向他暗示，我早已知道了真相，并已接受了现实。我轻声告诉他，我知道他为什么突然变得悲伤。

"不，我不是悲伤。你知道什么了？告诉我？"

"我知道，但是我不会说。"

"不，你应该把你知道的事情告诉我。"

"但是我不想说。"

他坚持让我告诉他所谓的真相和对他的隐瞒。但在那一刻，我觉得我应该对他负责，有时我们好像交换了角色，他变成了那个倔强地要我伤害他的孩子，告诉他已经知道了事实，其实母亲和婴儿都早已不在人世。

我似乎应该帮他减轻失去挚爱的痛苦，于是对他说，我从邻居们那里得知，母亲早先我们一步回到了"卡夫里亚西夫"。我给了他新的借口来否定现实，他张开双臂拥抱我，拍着我的

---

① 加利利是巴勒斯坦北部地区。面积约 29,435 平方千米。西到地中海沿岸平原，东到约旦河谷地，南到耶兹里勒谷地。

② Kafr Yasif 音译，位于以色列，曾经是巴勒斯坦的领土。

脑袋说道："她在那里等我们，我不是告诉过你了吗，她在那里等着我们呢。"随后我们都陷入了沉默，我以为他会一直沉默下去。

父亲先打破了沉默，开始讲述 1948 年发生的悲剧和灾难，那一年他也还只是个十五岁的孩子，跟我经历大屠杀的时候同岁。父亲的故事总是从灾难发生之前讲起。1939 年，在英国托管时期，村里的房子就被英军烧毁过，原因是两名英国士兵在村子里被杀。那一年，父亲只有六岁，但是放火的场景却深深地刻在他的记忆里。后来，他得知被烧毁的其中一间房子，属于我祖父的挚友安东尼斯·纳斯尔。

"卡夫里亚西夫是加利利的首府，我们没有相信英国人会撤离，如果他们走了，那么犹太人就会入侵。英国人烧毁了安东尼斯·纳斯尔的房子，还有他远在墨西哥的弟弟的办公室。安东尼斯再也没有与他的兄弟联系过，我猜现在他们依旧失联。"

父亲说，逃离卡夫里亚西夫好像从未真正发生，他忘了在路上的所有细节，回过神的时候发现自己已身处黎巴嫩。仿佛只要遗忘了这段实际存在的逃亡之路，就否认了他作为难民的迁徙。他以为自己像一个患了失忆症的人，丢了住址后，偶然地来到了南方，但总有一天要回家。

5

2000 年春　纽约

母亲在加利利。我也愿意相信她在那里，这样我便可以摆脱那个失去她的噩梦。父亲最终被安葬在远离故土的地方。而现在，海伊莱达又回到了"那里"。我在纽约，站在99层的办公室窗边，看着玻璃窗中映出的自己，背景是灯火通明的城市上空。我猜想那些外国人一定也觉得我们很奇怪。

我所伫立的地方不是阿拉伯的土地，没有中东的政治问题和无穷无尽的烦恼。这个城市每天都在高速运转，会感觉自己仿佛置身于一片汪洋之中，总需要烧大量的木柴来提供能量。也许这个比喻不恰当，木柴是有味道的，它从土壤中来，而土壤则归属于自己的国家。我身处纽约，这座城市需要有人不断地按下前进按钮，让它的车轮永不停息。漫步在这座大都市的街头，每当我觉得已经记住了这里的道路时，就发现自己又来到了一个陌生的转角，而迷失了方向。这里唯一的路就是没有路。在这里，我应该改变自己的容貌，变成另外一个人。

"卡夫里亚西夫"，我并不了解这个地方。我曾在谷歌页面上一遍又一遍地输入这个名字，想找到关于它的图片，但一次也没有成功。除了零星的只言片语，并没有任何跟我母亲有关的痕迹。此刻，她在那里做什么呢？她是否还穿着那件用浅灰色线缝的黛色和白色条纹的宽大袍子？她还在削土豆吗？为什么一张她的照片都没有留下？我又一次在谷歌里输入"卡夫里亚西夫"的字样，维基百科告诉我那是一个位于以色列贾利勒地区的小村庄。另一个网站则称，阿拉伯韵脚诗是从这座城市起源的，家家户户都传来诗歌吟咏声。我点击图片查看，看到了红瓦的房屋建筑、车辆和一些当地人的面孔。但是没有母亲的踪迹。

我承认，在认识海伊莱达之前，我从未感觉到自己对祖国的丰沛感情。我会跟她描述我对那里的想象，包括每一个细节。我自己都不知道这些细节竟然一直存在于我的脑海中。跟爱人在一起时，我总会跟她讲很多事情，那些地点、回忆、悲剧、大屠杀、商人和他们的交易。每次跟她讲起某个事件或记忆片段时，我总感觉好像第一次认清自己，仿佛第一次来到世上，我那所有遗忘的过往也从记忆深处浮出水面。就像当我们谈论自己时，才会发现我们对自己知之甚少。

我告诉她，大屠杀结束后我的伤势逐渐好转，我再次回到难民营，看到我们原本窄小的房子，当时只能用"废墟"来形容它了，到处都是血迹，沙发四脚朝天地躺在地上……燃气炉上还放着一口锅，地上散落着几颗土豆和削过的土豆皮。母亲肯定在土豆上撒过了盐巴，所以把它放在一边，准备一会儿做炸土豆。那一天，母亲已经做好了汤，那时她还不知道我们谁也没有口福喝到它。一直以来我总是问自己，那些闯入的武装分子有没有尝过锅中的汤呢？用手指蘸着汤汁尝尝味道？扎哈拉舅妈跟我们一起回来收拾房子，整理母亲的物品。但是父亲拒绝了，请求她让柜子保持原样。看到她在那里整理的样子，我想女人也许有一种奇特的能力来面对死亡，比男人要强大。父亲像是易碎的玻璃，而她带着一副黄色的尼龙套袖，洗锅碗瓢盆、擦玻璃，然后把水洒在地板上，擦起地砖来，隔着套袖用指甲把洗不掉的污迹抠下来。

在跟海伊莱达说起这些事情的时候，我才发现自己竟记得这么多细节。早已被埋藏在记忆深处的种种角落和事物的颜色，全都被回忆了起来。我记得舅妈当时穿着黑色上衣，戴着白色头巾，那块布料浮现在眼前，仿佛时间也停止在那一刻。每当我在脑海里想象舅妈的样子，她都穿着同一件衣服，就像她从未脱下过它。

我不仅把过去的记忆讲述给海伊莱达，还告诉她我和美国的故事。她有时也会给我一些新消息，把她那个完全不同的世界向我敞开：跟她有关的那些陌生人，这些人在很多时候都对我充满敌意。但是我想听她谈论他们，从她的描述来认识他们，也许是为了确定有时候她跟他们是不一样的；最终她会离开他们，替我向他们复仇，海伊莱达则只属于我一个人。

她习惯在感到惊讶时喊："哦，圣母玛利亚！"随即会发出一串银铃般的笑声，这正是我所期待的，此时她会用手捂着嘴，眼睛里会闪着喜悦的光。

她的笑不仅停留在唇齿之间，她是那种因为喜悦心也会跳起来的女人。她会摇摆身体和双脚，笑个不停，把双手搭在我的肩膀上，最后再陷入我的怀抱，用她的脸颊摩挲我的脸。我闻到了她的味道，好像是在呼吸这个女人，就这样让她贴着我的脖颈，直到永远。

　　与海伊莱达聊天，会让我觉得非常放松。她让我觉得可以将自己所有的话和思想都毫无负担地和盘托出。我给她讲朋友和亲眷们的故事、我自己的故事，在跟她聊天的时候我总能一反常态地发觉自己或其他人身上隐藏的部分。

　　我把我的朋友穆哈辛的故事告诉了海伊莱达。他是黎巴嫩人，在内战时期米到美国生活。他留着长发和胡子，那胡子被他称作自己最显眼、独特的外貌特征。我第一次注意到，在这个摩天大厦林立的国度里，当留胡子的穆哈桑变成了"迈克"，他的美国朋友们会喜欢他的胡子。但是在另外的环境中，少许的胡子的形象，就会让他们觉得受到了威胁。后来迈克的胡子成为一种时尚，甚至被竞相模仿。

　　"阿拉伯男人的胡子不一样，仿佛有机关枪交错着藏在里面。"我对海伊莱达说。

　　"胡子里好像藏着死亡，好像毛发之间埋伏着军队或是埋着地雷。你知道吗？甚至谢赫、主教与和尚们的胡子也跟迈克的胡子不一样。"

　　和她聊天总能勾起我和她一起探索世界的热情。那天我一直跟她分析"胡子"的含义，多年以来为什么有人会把胡子看作智慧、崇高和性能力的象征。

　　"我认为迈克想用胡子来塑造一个充满力量的外表，而不仅仅是为了看起来特别。"她这样对我说，我沉默片刻才告诉她我的见解。穆哈辛确实如此，他锲而不舍地追求着力量，想要如火的热情，而不是权威，这也使他在纽约一直受人瞩目。

　　这个国家拥有至高的权力，她真正的魅力源于她的力量。

"这两者的区别是什么呢？它们难道不是相辅相成、如影随形的吗？"海伊莱达问道。

"区别可大了，"我答道，"力量从内部建立，引导着你获取权力，它结合了丰富的生活经验，不仅有成功还有许许多多的失败。权力！权力是灾难，特别是那些能够创造力量的权力，它往往创造了毁灭性的盲目力量，而无可匹敌。"

尽管纽约到处都弥漫着权力，甚至连天空都是某种力量的象征而坚不可摧，但是对我而言，这力量源于这座城市的统一、秩序和极快的生活节奏，仿佛这里没有浪费时间的机会。

人们在这里努力地生活，甚至顾不上看一眼被摩天大厦遮挡的阳光，生存的欲望和满足人们的生活所需是它的资本。对我来说，纽约是属于陌生人的城市，你不属于纽约，但能够在这里找到自己。这里大多数的人都来自远方，操着不同的口音，有着不同的故事，却看起来都对这里很熟悉，如在自己家中一样。

我总在问自己一个问题："迈克"，这个脱离了阿拉伯世界的年轻人、投奔光明的黎巴嫩难民，是否已真正融入了这个国家？可能在他人生闪耀的时刻，这个国家把他抬到了摩天大厦之上。他多次试着说服自己，"穆哈辛"已经死了，对他自己来说也已经不复存在了：通过健身他把瘦弱的身体变得强壮，美白了牙齿，蓄起了长发。然而在某一刻，这个国家将他扔到了地上，他不得不变回原来的自己，大梦初醒后，才发现自己已经破产，一无所有。

"穆哈辛"又回来了，那个经历了内战的穆斯林男子，像其他信仰伊斯兰教的黎巴嫩人一样。他们既不是某个组织的成员也不是某个国家的公民，只有"穆斯林和基督徒"的区别。在我看来，帮他挺过人生中最黑暗时期的是阿拉伯式的抵抗，是经战火洗礼后源自内心深处的坚持和生存本能。

对于我们这些被世界抛弃的人，这是我们漫长生命中习以为常的东西。所以，坚强地活下来的那个是"穆哈辛"而不是"迈克"。"穆哈辛"在贝鲁特街头长大，枪炮声贯穿了他的童年。而那个富有的人在挣了钱之后移民海外，变成了赚钱而飞速旋转的轮子，不过金钱只是银行交易中的数字。

"迈克"也不复存在了。他跟我发誓说，如果渡过难关，他还要回美国。但是他现在敦促我去看望他，因为在处理完经济问题之前他无法回美国。我们的美国朋友玛丽莲去黎巴嫩看望他，回来后告诉我说，他还是跟过去一样，热爱生活，并为之疯狂，依然自恋地做着成功的美梦。他在贝鲁特"幸福"大街的一个角落开了一家小餐厅，并筹划着如何把这个小小的餐厅变成全球快餐连锁企业。

在那条大街上，他仍蓄着胡子，做着任何一个普通工人都能胜任的工作，诸如给地板打蜡、洗菜、切肉、烤面包。他乐于做这些事情，仿佛成为一名厨师就是他新的爱好，他要求所有尝过菜品的朋友们都称赞他，认可他是一名技艺精湛的厨师，他的菜是他们有史以来吃过的最好的美味佳肴。

我在纽约，想象着围绕在迈克身边的那些面容相似的人们。在我的想象中，迈克的朋友们总是一种类型，像是卡通人物，他们都是哈希姆人，动作一致地用银质的刀叉吃饭。他们脸上挂着漫画里的微笑，把食物送到嘴里，反复咀嚼三遍后才咽下去。他们有时候也会交谈，但是说着一种我听不懂的语言，只有卡通人物才明白，没有真正的含义。

迈克是一个矛盾的人，总喜欢自己被很多人围绕着，可以是男人，也可以是女人。朋友们不断地出现在他的生活里，但很多人如昙花一现，不久便会离开；那些在他身边留下来的朋友是愿意忍受他的神经质和善变脾气的人，因为他们知道他内心深处是一个善良的好人。在他众多的熟人和朋友中，我的确与众不同，但我也不知道这是我的个人特色还是缺陷。在所有人中，好像我是唯一感觉不到痛苦的人。

并非是饱受摧残的身体让我变得与众不同，而是他们看我的眼神泄露了他们心里的想法："这个残疾人和身材健硕的迈克在一起干什么？"在盯着我看了一会儿之后，他们继续聊天："这个残疾人的悲剧又跟我们有什么关系呢？"

我内心并不在意他们如何看待我，有时他们那种优越感反而会激发我心中的骄傲情绪："你们知道生活是什么样的吗？你们这些愚蠢的家伙！生活有没有像对待我那样对待你们？你们了解迈克吗？你们甚至都不知道他叫穆哈辛吧？"这样的痛苦没有让我感到自卑，而是让我变得与众不同。

极少数时候，大家忘情于聊天，他们中会有人站起来拍我的肩膀。那时的我也会忘记自己的残疾，以为他们也忘记了，于是跟他们一起谈笑风生。那些时刻，是我远离人群、感到孤独时的一种安慰。我会思考，人们是否真的那么固执？还是说我在害怕，我只有沉浸在悲剧里才有存在感？

也许我经常拜访迈克、坚持与他那陌生而疯狂的世界保持联系，是我走出悲剧的一种方法，并以此与他人互动、开始与他人无异的正常生活。在这种生活里，我可以得到一种平衡，不会因自己而感到羞愧，也不会感到优越或自卑。

我对他的永不安分和对生活无常的热爱充满敬佩，这也是我与这位黎巴嫩人成为朋友的原因之一。我经常会想起他那勇于放弃的神奇能力。有时候我觉得在张狂和浮躁的外表下，其实他是一个睿智而稳重的人。而有些时候，他只是一个自私的男人，他之所以把人们留在自己身边，仅仅是为了满足虚荣心，他要成为人们的关注点。

如果你想维持与迈克的友谊，那么你决不可超越他，不能在任何时候显得比他优秀，还要不断地赞美他。因此，我只与他每周见一次面，不能天天联系，以免产生矛盾。

每隔一段时间，我就会拜访他。大多数时候，都是我听他讲述身边发生的事情。实际上我这么做不仅是因为我喜欢他，还因为我对他充满了好奇，我这样一个患得患失、心事沉重的人，有时也想体验一下他那种不羁的生活方式。

每一次，他都会给我介绍一个新的女人，或情人，或女友，或爱人，甚至有几次是他的妻子。所有的女人都有一个共同点，那就是以他为傲，将他放在第一位，甚至胜于她们自己。其中，只有一个女人超过了他，比他更爱自己。这就是伊凡，一个像他一样做着名利梦的墨西哥女人。那个姑娘其实跟他很相似，但也有一些小的差异，比如他荒诞离谱，她却脚踏实地，她会制定计划，并坚定地执行。

说到迈克或者穆哈辛的性格，有一件事则不得不提。开始时，我曾犹豫是否将海伊莱达介绍给他。他是那种你无法信任却又不能抛弃的朋友，因此我总是避免让我的爱人与他见面，特别是我与海伊莱达相识之初，她在我眼中就是一个小女孩，如同一只需要保护的小猫。她独自一人在纽约，远渡重洋来学习舞蹈和服装设计，宛若一朵含苞待放的玫瑰花，娇艳欲滴却毫不自知。她是那种柔软的女人，水晶般晶莹剔透，仿佛透过她的身体可以看到世界。

她来自一个纯洁芬芳的地方。她身上的美虽不张扬，却精致鲜明。有时她乞求你靠近她、刺破她，你却紧闭双眼，紧张得不知所措，害怕一不留神就破坏了她的美，就好像刚上学的学生，一心想维护课本的整洁完好，像孩子般一笔一画地、端端正正地把刚学会的字母写到本子上，生怕把字母写出横线。刚开始跟她在一起的时候，我就是如此小心。也许所有的开头都是这样的，我们小心翼翼，生怕犯错。

但是如果回顾所有的作业本上，从第一页到最后一页写下的字母，难道大多数学生都能维持最初的标准使本子保持洁白干净，而不是随意涂抹的污渍？哪些学生能够在整个学年都使作业本整洁如新？能终其一生保持爱情如初的人又是谁？难道没有在遇见始终如一地坚持着同样节奏的同学时而羡慕不已？

海伊莱达真的是我的那张白纸吗？还是她撕毁了我课本的封皮？这样的比较是不是既无聊又无趣？为什么后来我还是把她介绍给了所有的朋友？我把她当成炫耀的工具了吗？还是为了让穆哈辛看到，也有女人为我而倾倒？在我对她的感情有了十足的把握之后，我才这样做的吗？以免我不会在他们面前丢人？这样，在他们想起我的脸的时候，就会忘记那道长长的伤疤。我曾以为这道伤疤从面颊一直蔓延至脖子和腿，以至于我不能像别人那样稳稳地走路。我想让他们看到的是一个男人，一个被女人爱慕的男人。

一想到海伊莱达，与她初次见面时的情景就会浮现在我的眼前。这些记忆折磨着我，让我情不自禁地想拿起电话、拨通她的号码，听一听她那甜美的声音。但让她为离开而付出代价的誓言阻止了我这么做。

我希望她至少主动打破我们之间冰冷的僵局，但是在我独自一人熬夜等待越洋电话的夜晚，这个可恶的女人却没有这么做。电话聊了五分多钟，她一直用兴奋的语气给我讲"那里"的泥土和雨水的味道，用充满了爱和迷恋的语气描述着那座城市。她向我描述当双脚踏上祖国土地时的感受，她说自己的心在那一刻重新向世界打开了，有一种触电一般，突然被击中的感觉。那里的空气渗入她的皮肤，充盈着她的每一个毛孔，好像关于"那里"的糟糕回忆全都灰飞烟灭了。

"我曾经以为到了那里以后，我会触景生情，但结果完全相反。很奇怪，我看到的画面都是积极的，似乎把我和这个地方连接在一起。我觉得自己比这个地方要强大，我仿佛不再是那个软弱的、逃离它的小女孩。我们变得平等、势均力敌，"海伊莱达语速很快而且非常兴奋，她接着说道，"马吉德，所有的事情都在改变。但是当我长久地注视着人们的面孔和熟悉的地方时，它们在某一刻又会跟过去一模一样。露易丝给我做了所有我爱吃的菜，如果继续这样吃的话，那么我的体重肯定要涨好几磅，也许你再见到我的时候就认不出我了。"

她问我："你难道不想见我？你不想我吗？"

我的回答很简短："是的，我想你。"

"那你为什么不说话？"

"因为我累了，我想睡觉了。"

"那，晚安吧。"

"晚安。"

电话挂断了。我本以为电话铃会持续响一整夜，她会求我放下骄傲和倔强，让我理解她。但是海伊莱达没有这么做。她的那双娇小的脚，坚定地踏上了祖国的土地。我的伤对她不再具有诱惑力，或许仍有，但她只是等伤口变得柔软，以便沉浸其中。

"如果我不回来，那么你可以永远不理我。"在离开的前几天，她这样对我说。她告诉我，她家的女佣露易丝曾经对她说过，在黎巴嫩山的村庄里，有一尊圣母玛利亚的雕像能渗出橄榄油。

她说她不相信这样的迷信传说，但她愿意相信一直催她回去的妈妈的话，妈妈要她在"忠诚教堂"准备礼拜天的圣餐，只为获得一点温暖。她说自己已经忘记了如何在面前画十字，忘记了圣餐的味道和教堂钟声的余音。

"你几乎忘记阿拉伯语了，你怎么可以忘记阿拉伯语呢？"在最后一次想获得我对她离开的祝福时，她这样问道。在提出这个问题之后，她便情绪失控，开始指责我的自私。她失声叫喊、哭泣，我能够感觉到她为我发疯。我决定保持沉默，并不再责怪她，因为她说，她不会走太久，离开只是暂时的。

那一夜我们一直躺在床上，我想与她疯狂地做爱，让她完全屈服于我。我想让她靠近我，让她用手指抚摸我的头，但我假装不为所动，以让她更加努力地唤起我的欲望。我背对着她等待着，希望她能够靠近我，亲吻我的脖子、肩膀和后背。

我等待着，她的手指在每次吵架后都会变得深情温柔，她的指甲深嵌入我的皮肤。我打开所有的感官触角，却没有感觉到海伊莱达的靠近。我竖起耳朵努力倾听，想判断她呼吸的方向和我们两人之间的距离。我想听她的心跳，并以此判断她是想要我，还是要远离我。

过了一个小时或者更久，所有的感官都已筋疲力尽，无论是偷看，还是故意用手（假装不经意地抬手）触碰她的臀部，然而我什么都没有碰到。我转向她才发现她也背对着我。我起身走到床的另一边，发现她已睡着了，枕头上满是眼妆被泪水溶化的乌黑痕迹。

海伊莱达闭着眼睛，默默地流着眼泪。我就像一条巨蟒，仔细打量着猎物的尸体。罪恶感让我觉得疲惫，并再也不愿看到自己让她痛苦的样子。我想跪在这灰色的角落，请求她的宽恕和原谅。我试着温顺地跪在她面前，擦拭她的眼泪，却发现自己无法弯曲身体。此时，我想起父亲常念叨的一句话："每个有缺陷的人都是伟大的。"

从那一夜起，有些事情发生了变化。当我看到海伊莱达时，我不再把她当作爱人，而是基督徒的影子。原因不是宗教，而是我很肯定她将回到"那里"。她不知道以一种怎样的方式告诉母亲，她爱着一个巴勒斯坦穆斯林。

她也许会觉得我变成了生活的沉重负担，她有时也会希望她所挑选的男人是她的同胞、来自她的圈子。然而，海伊莱达逃离了他们，来到了我身边。逃离了他们赋予她的所有特权，放弃了做被父亲娇惯的、永不长大的小女孩，放弃了在战火和回忆中生活，以及她的家族拥有政治荣耀和力量的时代。

海伊莱达的童年并不悲惨，相反，至少从外界看来，她曾经是一个安全的小女孩，在所有的兄弟姐妹中排行老幺，在家中集万千宠爱于一身。这些条件本该把她塑造成一个肤浅的女人或是一个什么都不在乎、不愿意走出家庭之茧的年轻姑娘。

她总说毛毛虫如果不破茧而出是无法蜕变成蝴蝶的，即使蝴蝶的生活很艰难，要面对风雨和沙尘，但是它会展翅飞翔，飞到千里之外探索世界。

她的父母都希望她能够留在茧中，跟家族里的某个男人结婚，永远地生活在他们的保护之下，但是她却不想要这样的生活。她对我说，每当她和女伴们一起在学校里祷告的时候，她总会想到一句话："天父啊，不要带领我们尝试。"她问过母亲很多次这句话的含义，以及她需要避免的所谓"尝试"是什么。

晚上在闭上眼睛之前，对于那些向上帝祷告要避免的事情她总会想很多，但她从未得到答案。她认为这个想法很诱人：如果可以了解所有的罪恶，明白这些年来她祷告和忏悔的到底是什么，就可以进行肉体的救赎。

6

黎巴嫩山　1982 年

"海伊莱达，你为什么不跟我们一起念忏悔词？我要听到你跟着我念出来：慈爱的上帝，我发自内心地为我的错误感到后悔。"

"慈爱的上帝，我发自内心地为我的错误感到后悔。"

"因为我有原罪，我失去了灵魂和永恒的美德。"

"因为我有原罪，我失去了灵魂和永恒的美德。"

"你为什么不用你最大的声音来祈祷？你自己把忏悔词念完！难道你之前没有背过吗？"

"因为我有原罪，我失去了灵魂和永恒的美德，我应该受地狱的惩罚。"

那天，海伊莱达一边忏悔，一边哭泣，但是她依然把祈祷从头到尾做完了。那天的宗教课结束后，杰克琳修女把她留在了课堂，然后开始给她讲什么是忏悔，以及远离低俗、学习美德的重要性。

她告诉海伊莱达圣母玛利亚是纯洁神圣的，因为她是处女怀孕，未染原罪，但她没有问海伊莱达为什么哭。

那天，海伊莱达告诉修女，她爱上帝，不想让上帝生气，很害怕上帝不爱她。但是杰克琳安慰她，我们的圣母玛利亚会在上帝面前为她求情。那一年海伊莱达 11 岁，跟她的其他女伴们一样，住在修道院的女生宿舍里。

有一个叫贝塔利西亚的女伴告诉海伊莱达，修女们给孩子们分的食物总是很少，于是海伊莱达鼓足勇气去问修女，上帝是否会宽恕那几位修女的行为。杰克琳修女听了之后，便反复盘问海伊莱达，直到她坦白是贝塔西亚说的。

第二天，贝塔西亚不再和海伊莱达一起玩，也不跟她说话。其他女伴告诉她，贝塔西亚遭到了修女们非常严厉的惩罚，她们逼她在所有人面前做了五十次忏悔。当时贝塔西亚站在操场的一边，用充满了仇恨和厌恶的眼神瞪着海伊莱达，然后背过身去，越走越远。

这件事让海伊莱达非常痛苦，因为她从未想过要伤害自己的朋友。"仁慈的上帝，我发自内心地为我的错误感到后悔……"放学回家后，海伊莱达跪在房间的窗户面前祷告，不停地忏悔，祈祷贝塔西亚第二天会跟她说话。但是海伊莱达并没有如愿，她的朋友还是冷酷地对待她，甚至充满了敌意，并与其他的女孩子们一起孤立她。

海伊莱达开始每天做不同的祷告，有时候向圣母玛利亚，有时候向耶稣，有时候向上帝，但是她所有的这些祈祷都没有得到回应。海伊莱达把磁带放进录音机，想学会《在你的庇佑下》这首赞美诗，希望事情能够变得对她有利，让贝塔帮助她。

"在你的庇佑之下，圣母玛利亚，在我们祈祷时请不要犹豫。"海伊莱达暂停了磁带，背诵完第一段赞美诗后，又重新按下播放键。第二天，她在心中默念着："最尊贵的镜子，最美妙的言辞，全世界的恩赐。"然而她朋友的态度并没有任何改变，海伊莱达恼怒地回到家，打开磁带，发现磁带里唱的是"最尊贵的普拉亚"，而她却唱成了"最尊贵的镜子"。海伊莱达想一定是这个原因导致圣母玛利亚没有回应自己的祷告，于是一直哭到睡着。

到了第二学期，在露易丝的建议下，海伊莱达决定给她的朋友写一封信，信中写了很多发自肺腑的心里话，告诉朋友自己很爱她，每天晚上都祈祷她能原谅自己。很快，两个女孩便和好如初，海伊莱达重新被集体所接纳，并开始和女孩子们一起在班级里捣乱。此时她心里竟萌生了一种打破规则和惹怒修女的冲动。

在那件事情发生的时候，她连续一个多月梦见杰克琳修女把自己关在学校的墓地里，只在每天早上给她一点面包和甜食，就像之前贝塔告诉她的那样。

梦里重复出现的修女，身形修长，穿着深蓝色的衣服，用责备的目光看着海伊莱达，仿佛她犯了什么不能原谅的错误，而这个错误将会终生伴随着她，永无解脱。

直到长大以后，她有了辨别是非的能力，并修复了心理创伤之后，她才明白，她曾请求上帝原谅的所谓原罪其实并不存在。

她曾经认为自己也应承担战争的错误，他们家里的那些武器都是上帝的某种惩罚。当时总有很多高大的男人来到他们家，跟她父亲和乔尔吉叔叔坐在一起。父亲要求她待在自己的房间里不能出来，但是她会偷偷地从门缝里看着他们，看到他们紧张地抽着烟，听到了他们的步枪碰撞的声音。

有一天，她父亲带着一个伤兵回到家，那是他的朋友安东尼。

"他们抢走了他的武器，我们在最后一刻把他救了出来，"父亲对母亲说道，"你留下照顾他，我必须要走了。"海伊莱达看到母亲在几秒钟内变身为一个训练有素的护士，熟练地给安东尼胸口的伤上药，伤口还在汩汩地流着鲜血。那一天，家里没有用人，母亲不得不让海伊莱达去仓库取纱布和其他必需品，他们在仓库里储藏了药物和急救用品。

海伊莱达看着那个受伤的男人，差点因害怕哭出声来，但是母亲安慰她不要怕。母亲一边清洗伤口，一边和安东尼说话，并咒骂着伤害他的人。"这些巴勒斯坦人都该去死，把他们带到我们国家的人也该死，那些允许他们在我们国土上胡作非为的人也该死！"

她嘴里念着圣母玛利亚和耶稣的名字，短短五分钟里念了二十多遍。然而海伊莱达却只想哭，她无法理解发生了什么。她担心正在医治伤者的母亲，仿佛伤者流出的血是一种传染病。

母亲平常不习惯睡在沙发上。海伊莱达从未见过她如此坚强的样子，在那晚之前，她以为母亲是个没有主心骨的女人。

当海伊莱达向我讲述这段故事的时候，我试着在脑海中描绘受伤的安东尼的样子，我问自己，他那天是否穿着军装，又是谁向他开了枪。我听着这个伤兵的故事，没有把他看作敌人，而是一个普通人。不，我没有办法只把他看作一个普通人，他的身份是杀戮者。我无法同情他，因为我知道如果我身处二十年前的那间房子里，我会盼望着他赶紧死去。

这些并不影响我急切地想听海伊莱达讲完她的故事。某些时候，得知他们痛不欲生，我甚至会幸灾乐祸。我想和海伊莱达开个玩笑，于是对她说如果她母亲知道了我们两个人的关系，会有怎样的反应。

"你能够想象吗？在你们家里，我用巴勒斯坦口音跟你妈妈说话，她绝对会崩溃的。"

"你为什么好像对此很高兴？"

"不，完全没有。"

"这件事不好玩，绝对不可以用来开玩笑。你恨他们吗？"

"谁？"

"我的家庭……我们。"

"不，当然不。"

"你喜欢他们吗？"

"我并不认识他们……"

"你能够喜欢他们吗？"

"这个我也不知道。我试着通过你来认识他们。你觉得我会喜欢他们吗？我能够喜欢他们吗？也许吧，他们到底不是犹太人。我只知道，我爱你，我想要你只属于我一个人，远离这世上的一切。这是我唯一知道的事情。"

7

黎巴嫩山　2000 年

在贝鲁特的东北方向，村庄的入口处，海伊莱达让父亲派来送她回家的司机停车。她从车上走下来，点燃了圣母玛利亚圣墓的烛台。她从路边的一颗小树上摘下一朵小花，那是一个嫩黄色的小花苞，有点像金雀花的那种黄色，然后她把花夹进手包里装的一本书中。她总是喜欢拿着一个大容量的手包。

她知道这种花是没有香气的，但她将其视为太阳在大自然里的映像。接着司机又载着她继续开了一段路，把她送到家门口。女孩飞奔着投入母亲的怀抱，而母亲则把她搂得更紧。

她在母亲的怀抱中温存，却听到父亲的笑声从远处传来，于是转身冲他飞奔而去，父亲喊着她的昵称："贝拉，你看起来还是个没有长大的小女孩。"

"七年多了，你难道不想家吗？"

"那是当然的啊，爸爸。"

"那你留下来吧？"

"现在留下还太早。"

海伊莱达的父亲一会儿摸摸她的头，一会儿紧搂着她的腰，挽起她的胳膊和她一起回到楼上的房间。房间里她的东西都还保持原样，仿佛她一刻也没有离开过这个地方。八音盒、有点偏绿的天蓝色的壁纸、小熊布偶、床上方的圆形吊灯。松软的床上堆满了大大小小的枕头，就像贵族公主的卧室一样。

她放松地躺在人生的第一张床上，闭上了眼睛。而此刻马吉德也躺在自己的床上，闭着眼睛，试着用意念跨越千山万水与她相聚。虽然分别躺在相隔万里的两张床上，但他们却做着同一个梦。他没能亲口对她说，自己是多么的爱她；她也没能告诉他，在没有他的地方她会感到窒息和痛苦；她会把手指伸向空中抓住他的手，把他拉到自己身边，再也不放开。

两人之间的距离和由此造成的负面影响，让马吉德抓狂不已。好像必须得承认另一个海伊莱达的存在，因为每次想她的时候，马吉德眼前就会浮现出他不曾参与的事物。

看到她从小生活的村庄，她夜里的梦境，她第一次蹒跚学步的样子；看到她还是一个在地上爬来爬去的小女孩，看到少女时的她害羞地跟在同桌的男生身后。他非常在意这些细节，仿佛要记住跟她有关的所有事情。他打开衣柜，看到她的那条舞裙，她曾经小心翼翼地将它单独挂在一侧，他回忆起当时缺席她大学毕业舞会的时候，她是多么的失望。

她回来后向他描述了她在舞台上跳了多高，如何控制自己的身体，她的大腿、双肩、手指，在舞台上全部臣服于音乐。那一天，她从他的烟盒里抽出一支烟，他吃惊地看着她将烟点燃，她看起来是那么的与众不同。她没有笑，尽管她热情地与他交谈，但那种热情是她刻意为之，故意让他为自己的缺席而愧疚。

"我到现在也不理解，你怎么能不来？"最后她这样说道，准备再点一支烟。

"我本来是想去的，但是突然有一个工作上的紧急会议。我怎么不知道你还会抽烟。"

"这不重要，我只是抽着玩的。"

那天晚上睡觉之前，她说自己愿意在任何时候为他做任何事，她甚至愿意献出自己的一部分给他，任何程度的让步都可以。她还对他说，她开始对一切产生怀疑，是否是因为太爱他而只能追逐伟大爱情的缥缈幻想？然后她就开始哭个不停，并歇斯底里地倾诉自己的孤独，直到入睡。

他能够理解眼前的女孩所说的话，他知道自己本应坐在晚会现场，当她在台上跳舞的时候，与她遥遥相望。而另外一个他，还是不能解释她为什么会这么激愤。

那天晚上，因为害怕失去她，所以他想减轻她的悲伤，但除了为自己的缺席向她道歉之外，再也没有别的办法。在她筋疲力尽睡着之前，他一直坐在床边上，躬身低头亲吻她的每一滴泪。他告诉她，他的腿很疼，所以他才没有出席晚会。

当他走到门口时，却突然摔倒在地上，他用身体倚着墙，几分钟之后才终于移动到了沙发边上。他对她说，非常希望自己当时能在场，他想象着她在舞台上的样子——纵身跳起，在空中舞蹈，而他也仿佛和她一起轻盈起舞，紧紧地拉着她的手，仿佛他未曾失去支配双腿的能力。

海伊莱达又哭了起来，但是这次她没有生气，只是觉得心里难过，这倒让马吉德不那么紧张了。当她睡着后，那个真实的他在她的耳边轻声说着假话：他没有摔倒，只是没有勇气看她跳舞的样子，当她在台上自由起舞时，他却被困在地面上。他说，他当时就坐在沙发上，她没有催促他出席，这让他觉得有些失望。他就久久地坐在那里，想象着自己在晚会现场，看她随着音乐翩翩起舞。他知道她依然在听，所以才说出这些话。

《最后时刻》，是她那场表演的名字。

"生活总是在最后那一刻发生反转。最后时刻浓缩了一切，它确定和制造了回忆，要么是呈现了过去所有的一切，要么决定了延续。"最后一次彩排之前，她一边涂着浅蓝色的眼影，一边对他说道。她热情地亲吻了他，出门之前又轻轻地咬了下他的嘴唇。

他独自一人坐在那里，想象着舞台上她的身体随舞姿起起伏伏，仿佛在呼唤着他。每一个动作都令他魂牵梦绕，他脸上的伤疤仿佛痊愈了，他可以抛开拐杖正常地行走，好像他就在她身边，而她代替他在空中跳跃旋转。舞台的红色和黄色灯束环绕在她身体的周围，那令他痴迷的身体。

然后灯光照亮了她的脸，她抬起头，优美的脖颈展露无遗，令人垂涎欲吻。然后她把头甩向前方，双肩的动作与之协调，像一个在断头台上念着远方恋人名字的女子。她那么轻盈，仿佛身体跟灵魂合二为一，如同一幅画。当下那一刻，这幅画是否属于他已经不再重要。她就是这么美，美得让已经离世的人也经不住诱惑。但当他想伸手触摸那幅画的时候，却发现只是海市蜃楼，而猛然惊醒。他觉得非常恼火，甚至想砸了音响，但最终他只是把紧握的拳头重重地打在了墙上。

梦对于他来说比现实要简单，他只要坐在那里，就能看到她的幻影在台上舞蹈，然后想象着自己也融入她的舞蹈，而不只是一个跟在她身后的小丑。

8

1980 年　萨布拉和夏蒂拉难民营

"马吉德，你长大以后想做什么？"

"我想做一个飞行员。"

"为什么？"

"那样我就能变得很高很高，可以从上空俯视地面的一切。"

"你难道不怕有一天从天上掉下来吗？"

"不，我想在天空中画出白色的记号，就像那些飞机的长尾巴一样。"

"但如果那样，大多数时间里你会离我们很远，会辗转迁徙，不得安定。"

"我想去天上看看安拉的家，我能去吗？"

"我不知道，儿子。"

"是你说他在天上看着我们，所以我想去拜访他。"

"我的意思是，他在更远的地方。"

"我只要盘旋到高空，就能看到他。"

"你难道不想成为医生、工程师，或者像你父亲一样，当一位老师？"

"不，妈妈，我想飞翔。"

"现在，让我们先看看，你能不能飞到我的怀里。快来，爬上来，来呀，来呀。"

她一边笑，一边把我的肚子翻过来让我头朝地，吓唬我说要把我扔到地上，我咯咯地笑着，喊着："不要，不要。"她又把我的后背翻过来，并把嘴唇贴近我的双肩、胸口和肚皮，说着："我要吃了你，让我们看看你还能逃走吗？你是我今天的晚餐。"

我叫喊着，大笑着，我们两个人一起跌倒在被褥里，嘻嘻哈哈地笑个不停。她指了指钟表，意思是睡觉的时间到了，而我依然一脸兴奋地准备反扑。而此时她的脸色突然严肃起来，我便乖乖地安静下来。

尽管那时的生活条件很简陋，但在黎巴嫩内战爆发之前，我还是一个快乐幸福的孩子，至少比难民营中大多数没有最低生活保障的孩子要好。那时候，我的父亲是近东救济工程处[①]下属的一所公立学校的阿拉伯语老师，学校离夏蒂拉难民营很近。那时候的父亲身形匀称，和蔼可亲，性格安静。大多数时间里，他都会穿西装打领带，但是自从巴勒斯坦革命之后，他还会戴一副黑白色的套袖。

他是个既传统又现代的人，这种特征也体现在他的外貌上。而他的"老师"称谓，则让我和母亲非常骄傲。母亲是"老师夫人"，难民营里的妇女们会去找她，拜托她去跟父亲协

---

① 联合国近东巴勒斯坦难民救济和工程处（近东救济工程处），即 United Nations Relief and Works Agency for Palestine Refugees in the Near East（UNRWA）。

调，给她们的孩子上家教，或者帮她们的孩子到解放组织的图书馆里学习，帮助他们申请去苏联继续学习的奖学金。我母亲总是会对她的姐妹们承诺："好的，安拉保佑，只要能帮上忙，我们一定第一时间告诉你们。"

晚上，父亲回到家休息片刻之后，母亲会给他递上一张纸，上面记录了白天女人们所提出的请求，还有她孩子的名字，然后滔滔不绝地向他细数这些家庭的历史和他们的悲惨遭遇：艾布·阿布杜已经是第四次摔倒了，他当时正要去他们家那狭窄的厕所，摔倒的时候脑袋撞在了楼梯上，楼上的小储藏室是他孙子们的房间。这位年过花甲的老人已经是第四次摔倒了，他唯一的儿子加入游击队后，他和老伴，还有几个孙子现在无所依靠。然后是"伊斯玛仪的妈妈"，她想把铁片搭的屋顶换成水泥的。她向我母亲咒骂那些近东救济工程处的人，说那些"演员"去了她家两次，拍了照片，但是再也没来修理。她对我母亲说："那些人最好别来了，如果来，我也会赶他们走！"

"夫人，你现在简直变成难民营的民选代表了，还可能会名留史册。"父亲一边脱大衣，一边对母亲说道。

"不是什么民选代表，我什么也不是。每个人都有自己的烦恼，但是他们痛苦的根源与我们是相同的，我们需要互相帮助才能生存。"她这样回答。这是她在迁移中学到的生活真谛，悲剧总是接二连三地发生，穷人们在苦难中唯有互相帮助才能渡过难关。

所以当时她说，这是我们国家所有人的苦难，我们应在迁徙中学会忍耐。她还批评那些富有的巴勒斯坦人，他们抛弃了祖国的兄弟姐妹们，从未想过向他们伸出援手。"如果帮助我们，他们会有什么损失吗？好像他们从来都不是我们中的一员！"她一边说着，一边数着巴勒斯坦的富人亲戚，但这些我现在都忘记了。

母亲和她的家人一起从巴勒斯坦那个叫"阿布西纳南"①的村庄搬到黎巴嫩的时候，她还是个小女孩。那时她以为早晚有一天还会回到原来的家，那时她还不明白"占领"这个词的含义，她认为所有的变故都是暂时的，就像童话故事里写的那样，村里的人们最终会战胜邪恶，回到自己的家园，她说不定还会嫁给王子。

长大后的她变得富有智慧，她总会讽刺故乡的名字，仿佛在训诫那片土地，责怪它没有勇气对侵略者露出反击和抵抗的尖牙。"阿布西纳南，为什么叫'有牙齿的人'，但是我们从来没有看过它的'牙齿'？既然这样，那为什么当初不给它起一个别的名字？"每当她这样说的时候，我父亲就会大笑起来，然后答应帮她寻找这个名字的由来。

但是直到母亲死去的时候，她也不知道为什么她的村庄叫"阿布西纳南"，她活着的时候什么也没看到，除了"黑暗、压迫、死亡和流散"的毒牙。她所盼望的生活，完全输给了力量的逻辑，她把绝望的沉重也留给了我——她的儿子。要顺从"强者生存"的丛林法则，强者创造真正的武器，而不是我们为自己编造出来的英雄故事，就像在她所盼望的生活中，我会成为一位国王。而当我站在纽约 99 层大楼的窗前，站在某种巅峰之上，是我对她的唯一补偿。我坚固的城堡，无人可摧。在我还是个孩子的时候，我能够抵达的最高点就是难民营的屋

---

① 地名音译，Abu Asnan，阿拉伯语的原意是"有牙齿的人"。

顶，母亲会在下面一边喊我的名字，一边又喊又骂，当她发现我还是不下来的时候，便只能举起拖鞋扔向我。

"下来，你这个淘气包！"

"你别管我，我就是想看一看太阳。"

"你再不下来，我就去喊你爸爸了！"

屋顶上的空气很好，我呼吸着流动的空气，眼前是连绵不断的房子。阳光刺痛了我的眼睛，拥挤狭小的难民营是阳光难以抵达的地方，那里的过道上永远是堆积如山的垃圾，杂乱无章的晾衣绳上被女人们挂满潮湿的衣服。不管母亲的喊声多大，我根本听不到她的呼唤，以至于她把我们的邻居沃达德和杂货商人阿布马哈茂德都喊过来，一起看着这个顽劣的少年："孩子，你如果从顶上跌下来，是会摔断腿的！"

"求你快下来，我亲爱的儿子！快给我下来！你这个淘气鬼！"

"不要管我，妈妈，让我再看一眼太阳。"

9

在大屠杀之后的两年，因为父亲有一些亲戚在美国，所以他设法搞到了机票，并带我来到了美国。母亲去世之后，他始终拒绝相信事实。他改变了自己的身份，从教师变成一个游击队的反抗斗士，然后他又放弃了战斗。

有时候他会产生自我怀疑，不知道是否应该放弃教师的职业，而加入法塔赫巴勒斯坦武装解放运动。

母亲曾非常生气地问父亲为什么要做一名战士，他平生连一只蚂蚁都没有踩死过。她告诉他，战斗是一项职业，需要有丰富的经验和密集的训练，但是他都没有。"穆夫塔卡尔，不是每一个人都可以扛着炸药包上战场，这个职业不适合你。"然而父亲依旧坚持这样做。

父亲的双眼里闪耀着我们从未见过的光芒，不是胜利的光芒，也不是希望的光芒，而是因生活而痛苦的人们在遭遇考验时露出的悲伤的光芒。尽管父亲看起来温文尔雅，但是他的身体却非常强壮，当他第一次穿上橄榄色的军装、围上法塔赫的黑白头巾出现在我们面前时，他仿佛变成了另外一个人。好像他的体内隐藏着一个突击队员，那套军装紧紧地绷在他身上，他的肌肉仿佛突然膨胀，他的声音也变得更加粗犷。

母亲问如果学生们看到他这个样子，会如何评价他？他们现在还会称他为老师吗？但是他盯着她的眼睛告诉她，人们只会更喜欢他现在的样子。人们还是会继续称他为"老师"，因为他们已经习惯了这个称呼："人们追逐力量，唾弃弱小，这难道不是你经常挂在嘴边的话吗？"

她只能摇摇头表示屈服和同意。但是，她继续向他抛出一连串的问题。

她试图让他意识到自己的错误，因为学生们不能在很短的时间内适应新的老师。但是他并不会理这些，在她的一再坚持下，他看着她的眼睛告诉她，以色列人的"占领游戏"是可憎的，几乎要杀死人们仅剩的对于公正生活的希望。他说那些在自己的土地上被驱逐的人，不论是否自愿，变成残忍的战士是他们的命运。这不是因为破坏欲，而是因为当毁灭发生时，他们也被愤怒点燃了。

"现在，如果你不拿起火药，你都不配说自己是一个巴勒斯坦人。"他这样说道，好像战斗对他来说不是一个简单的选择，而是一个关乎身份属性的问题。这不是挑战或者表达愤怒的方式，它被赋予了更多的意义，仿佛死亡在那一刻就是存在。他说着，她听着，她非常熟悉他声音里的痛苦，紧凑的节奏是为了不让喉咙打结。皮肤下的每一寸神经都害怕地靠在一起，保护着他的声音，以免失控、叫喊或者哽咽。

对于这样的语调，她再熟悉不过了，每当她提起难民迁徙的时候，她的喉咙便会发紧，声音也变得沙哑，她明白这就是"灵魂出窍"的感觉，并且努力地把它拉回来。所以当他的声音变得如此紧张时，她接受了现实。并紧紧握住他的手，想让他知道，她完全理解他所说的。

她伸手抚摸他的脸，并努力克制自己不哭出声来，仿佛这样她能变得勇敢。她想，这世上有多少人被迫四处流亡，像她一样忍受痛苦？又有多少男人和她的男人一样变成了战士，成为爱国的、民族斗士？即使这样会更快地走向死亡。

渐渐地，难民营里的女人们开始赞叹我父亲的勇气，没想到"老师"会有如此英勇之举，母亲也接受了这个现实。她成为一个强大战士的妻子，这个想法让她觉得自豪和骄傲。他变成了她的村庄阿布西纳南缺失的那一块，成为它锋利的牙齿，并时刻准备战斗。

随着时间的推移，他的橄榄军装和阿拉法特头巾，成为我们安全感的来源，成为他突然回家又马上离开的理由。那段时间不管离战场多远，不管没有他陪伴的生活多么艰难，他都仿佛与我们同在，我的母亲也绝不向父亲抱怨，她总是用顺从、敬畏，充满了爱意的目光看着他。她为他感到骄傲，就像信徒对宗教圣物和圣地那般自豪。

他也同样地爱她，在母亲离世之后，每当他回忆起我的母亲时，总将她描绘成温柔、贤惠、纯洁的。他向我坦白，在离开之前的几个月里，每当他靠近她，都有一种第一次触碰她的感觉。

"她会为了我穿上有花边和缎带的衣服，在床上洒上香水。而她的娇羞矜持，让你觉得面前是一片未开垦的处女地，没有任何人触碰过。仿佛她还是处女，每一次，她都是新鲜甜美的，她的皮肤像是崭新的，我的痕迹也好像都被抹去了。"

每一次父亲这样谈起她，就好像变成了一个年轻男子，我甚至会惊讶他为何能如此的直白和大胆。即使这只是他的臆想，也让我感到尴尬。也许是因为距离太远，她变成了他的一个梦，也许是因为他再也不能在现实中触碰到她，所以在他的想象中，她才如此的美好和温柔。但也许，这都是真的，母亲的确扮演过"如未开垦的土地般的处女"，但这更让他不能接受她的离开。

父亲说，他从未觉得自己在任何一场战役中成为名副其实的"英雄"，但在她的目光中看到了那种对英雄的崇敬之情。因此，他在内心深处为她的死自责不已。他没能及时赶到她身边，反而在她最需要的时候抛下了她。她最后的那句"带着孩子快跑！"也让我至今都自责不已。

是因为我，他才不得不抛下母亲，让她独自面对那黑暗的命运？为什么要这样？如果没有母亲，我宁愿不活。我的脚伤，是不是上天对我永久的惩罚？因为母亲的死是我造成的。为什么父亲从未像对待夺走他妻子的罪人那样对待我？他是过于成熟？还是他的父爱和责任高于自己的痛苦？

我总会想，如果那天我的脚没有受伤，或者父亲没有背着我跑远，事情会怎么样呢？我们都会死，就像他的一个亲戚说的那样？或者母亲会有望被救出来？也许像我这样一个创造奇迹、登上职业巅峰的人，不应该迷信安拉会因我们的过错而惩罚我们的身体。

我也总想起海伊莱达，我想象着她祷告忏悔的样子，我问自己："我是否也应该向安拉忏悔，告诉他我后悔了。"我后悔了，因为我的腿在敌人的轰炸中受了伤，父亲只能带我去离难民营很远的地方，所以这导致了母亲一个人孤零零的死去。

难道我像海伊莱达一样向安拉忏悔，以泪洗面，安拉就会原谅我吗？如果我承认自己错了，这一切就会消失吗？难道一直以来我折磨、惩罚我受伤的腿，是因为我不曾为那黑暗的一天所发生的一切原谅自己？

来美国之前的那两年是最艰难的。你会不断地想起死亡，想象着双脚所及之处都是尸体，而其中一具就可能是你的母亲，那是你人生中最艰难的一段时间。当你走进破碎不堪的难民营，发现自己已成为这片土地上的陌生人，就再也无法说服自己这里是你的避难所，哪怕是临时的。大部分萨卜拉和夏蒂拉大屠杀的幸存者都有相同的感受——我们随时可能死去，不会有任何人来拯救我们。

那个时候，父亲也丧失了战斗的热情，不管走到哪里，失望和沮丧都如影随形，他仿佛在一天之内完全崩溃了，一夜之间老了好几岁。

他失去了"老师"的称号，又脱下了那身军装，我成了他唯一的关注点。仿佛我是他在这个世界上唯一的战利品，容不得半点伤害。

我记得，他定期包扎我脸上的伤口，用酒精给我擦洗，帮着我练习一条腿走路。他站在房间走廊的尽头，鼓励我向他走去，而他在远处对我微笑着张开双臂。

那时我觉得自己好像变成了一个一岁的孩子，正鼓足新生儿一般的生存欲望去接受生活，向前迈步。走廊像一条看不到尽头的漫长的暗道，但是我必须走到底才能拥抱另一端的父亲。父亲的慈爱让我不能有任何胡思乱想，以免增加他的悲伤。我愿意做任何事来取悦他，只希望他能多一点笑容。

在某些夜晚，他的朋友们会来家里拜访。他们会在客厅里走来走去，或者坐在地毯上，我会给他们沏茶，然后坐在一旁听他谈话。他们中有的人愤愤不平、摩拳擦掌，也有的人垂头丧气、悲痛不已。

他们的话题无非是时局和战场上的变化，大多数内容都是我听不懂的。实际上，父亲那时已经不在乎会发生什么了，而是一门心思地要带我移民到别的国家。他对朋友们说，他发现这里的基督教民兵和阿拉伯领袖们之间的争夺，早已超过了犹太复国主义对巴勒斯坦人的仇恨。

当他说"没有人会向一个弱小的民族伸出援手"这句话的时候，仿佛是母亲话语的回音。他说，在这里他感受到来自和他一样的阿拉伯人的轻蔑和敌意，比来自以色列人的敌意还要多。他变得跟那些人一样，认为在祖国之外的战斗都是无用的，认为如果除了那些冰冷的尸体之外，人们都留在卡弗里亚斯夫，也许情况比现在要好。

"我们现在的战斗，就好像一群人在不属于自己的土地上耕种。"他当时就是这样说的，并告诉身边的人接下来要说的话很伟大，死亡将始终追逐着每一个巴勒斯坦人，就像有些人天生被诅咒一样，是没有任何缘由的。

作为一个巴勒斯坦人，要么你选择忘记自己的根，放弃传统，然后不断前行，努力地活下去；要么你就像一颗被装在枪口的子弹，时刻蓄势待发，与生活为敌，因为它抢走了你最初的温暖的港湾，并逼迫你重新创造一个国家。

作为一个巴勒斯坦人，尤其是在战争年代，为了生存你要忘记自己是谁，要放下自己的权利，让"悲伤"成为你的外壳，但不能丢掉爱国情怀。

作为一个巴勒斯坦人，你要忘记欢笑，要时刻感觉到被欺负和欺骗，否则你就被视作异类和叛徒。

出生在难民营或庇护所里的人，会发现所有的人都用同情或鄙夷的目光看着自己；大多数人会把你视为负担，你只能等待国际援助和来自欧盟的药品；你害怕生孩子，不敢孕育下一代。就像我的表弟穆罕默德一样，他不愿意在难民营里生孩子，因为他知道如果他的儿子是巴勒斯坦人，那么他的生活会有多么艰难。

虽然同样是巴勒斯坦人，但我是我父亲的儿子，他在我人生不同的阶段里为我选择了不同的路，他让我远离死亡。于是我可以选择做一个不一样的巴勒斯坦人，我可以用尽全力逃离这个人们对"巴勒斯坦人"的认知，我能够与现实挑战，在某些时刻忘记所谓的"祖国"，那个我从未去过的"祖国"。

跟父亲一起来到纽约时，我是个拖着一条伤腿的未成年人。在纽约，我好像看到了一些希望，我可以飞起来，就像那些高耸入云的摩天大厦一样。这片土地给了我用一只脚起跳的机会，一个应得的新的开始，也许一切都会好起来。

我深知，这是父亲为我创造的机会，我会紧紧抓住它直到最后一刻。移民的利弊清楚地摆在我的面前，在我逐渐和难民营的亲人恢复联系、收到表弟穆罕默德的信件之后，这种利弊体现地越来越清晰。

我们联系的比较晚，这层关系像在提醒我不要忘记祖国的亲人和他们的苦难。穆罕默德总会给我写很长的电子邮件，字里行间的拼写错误，在我看来是他情绪激动的佐证，好像他的心痛也通过屏幕上一个个弯弯曲曲的字母蔓延到我眼前，爬进了我的内心。那些字母你推我搡、争先恐后地想向我倾诉衷肠。他所有发给我的邮件都是在他黎巴嫩朋友的网吧里写的，那个小网吧就开在难民营的边上。他大多数时间都待在里面，会偶尔帮朋友管理网吧，报酬就是换取一些免费上网的时间。

他会在信中描述萨卜拉和夏蒂拉难民营周边肮脏的环境，有时候会给我发一些那里的照片，并请我发给他一些美国的照片，会询问这里的生活状况。他说难民营里往来的行人，有时候看起来像是没有生命的影子，有时候则仿佛并不存在。

在一封信里，他这样说道："你应该看一看那些交错在一起的电线。我们生活的这个小社区已经变得越来越狭窄。相信我，那些父辈们曾以为只是临时避难所的难民营，现如今已变成紧挨在一起的房屋。难民营里的小巷子非常狭窄，房子没有阳台。但是，我的朋友，这还不算是我们的悲剧。真正的悲剧是，我们正慢慢地放弃离开这里的希望。"

在信中，他滔滔不绝地向我描述难民营漏水的屋顶，在冬季被水淹没的窄巷，人在这个时候甚至可以在水里游泳。而那些像枯藤般缠绕的混乱的电线也躲不过爆炸的命运。他的字里行间里透露着嘲讽和看不到任何曙光的绝望。在给他的回信中，我试着安慰他，劝他要忍耐，要相信不管在哪里生活都是一样的。

但是，每当站在99层的办公室窗前，我便会想象难民营的样子，包括那里的人和那里的生活，我仿佛能听到屋顶漏水的声音，有时候我会伸出手想剪断那些缠绕在一起的电线，或者抱起一个孩子带他远远地离开。每当读穆罕默德的信，看到他反复提到三十五岁的自己对结婚和孕育后代的渴望时，我便怀疑他是真的渴望做父亲，还是想过和其他人一样的正常生活？很多巴勒斯坦人都正常地结婚生子，为什么他却没有这样的勇气？

我也有这样的渴望，但是因为残疾，我不敢这么做。我怕自己不能抱起我的儿子，因为我的一只手需要时刻挂着拐杖。我怕不能和孩子在公园里一起运动。我想过，如果结婚了，我的妻子生了孩子，我可能会像穆罕默德一样，因无法尽父亲的职责而感到痛苦不堪。我压制着心中的痛苦，发现自己无法鼓励穆罕默德跟那个他在信中提过很多次的女孩结婚生子。

他总是担心有一天会出现另一个强壮富有的男人，到时候他只能眼睁睁地看着她被别人抢走，因为他永远没有能力养活她。而我也跟他一样，陷入了艰难的爱情中。我疯狂地爱着海伊莱达，害怕失去她，担心终有一天她会变为幻影，消失在我的身边。穆罕默德在等待着，即便有一天他的爱人关上了那扇窗，他的目光也依然停留在那里，因为不想远离她，所以他无法离开难民营。

她住在难民营的边上，那里属于黎巴嫩。她跟他一样贫穷。他爱上了她，但是她的家人不同意他的求婚。他便问他黎巴嫩朋友们的母亲，是否愿意把她们的女儿嫁给他这样的人？有些人碍于面子会说同意，而有些人则明确地表示拒绝。"你为什么想娶一个黎巴嫩女人？去娶巴勒斯坦女人吧！"其中一位朋友的母亲这样对他说。于是他告诉她，他的爱人是黎巴嫩人。然而她却告诉他："但是爱情来去匆匆，你会放下的。"

他面前所有的门都被关上了。那应该到哪里挣钱？怎样做才能找到合适的工作呢？

"我只想要她，只要她。为什么我是一个巴勒斯坦人？"

母亲看到他如此痛苦和愤怒，便想劝他放弃这段感情。

"妈妈，别管我了。"

他不能离开难民营到外面工作，因为他知道，等他再回来的时候，她可能已经嫁人了。窗户关上的那一刻，如同噩梦和诅咒在他脑海中挥之不去，那种心情跟我害怕海伊莱达回到贝鲁特一模一样。

对于悲伤结局的预知，让我们两个人感到绝望，身体好像瘫在了地面上，并失去了活下去的欲望。我永远不能对我的表弟说："去吧，去寻找工作机会，等你回来的时候，也许那扇一定会关上的窗户还是开着的。"

我连坐在舞台下观看海伊莱达在空中舞蹈的勇气都没有，又如何要求他呢？我不能对他说，那被困在地面上的身体应该试着爬起来，因为即使再次跌倒，也比踌躇不前要好。每一封信中，我都期待着他能告诉我一些变化，就像我等待自己，也能获得一点勇气和希望。

第二章

1

2000 年　纽约

我不明白为什么自己有这么多的顾虑，却能在事业上取得很多成就；不明白为什么一个经历过悲剧的成功男人拒绝给脸上的伤疤做整形和修饰。我并不丑陋，我有古铜的肤色，蜜色的眼睛，头发虽然有点硬但并不乱，我的身高比例很匀称，而且减轻了走路时跛的程度。

在职业生涯之初，我完全不在意自己的外表，但是当海伊莱达进入我的生活之后，她改变了这一点。她很重视为我买衣服这件事，并认真地搭配颜色。在认识她之前，我从来不敢穿彩色的运动鞋，但她却鼓励我大胆尝试。我第一次穿上一双天蓝色运动鞋的时候，对着镜子笑了半天。我问自己：真的要这样出门吗？在想起难民营的邻居萨勒玛的故事之后，我更是笑得一发不可收拾。有一次她的妈妈在宰牲节给她买了一双新鞋，她为了让鞋一直都是新的，便把鞋放进了冰箱。第二天，她妈妈笑着来到我家，把这个故事讲给我的母亲，她边讲边笑，笑得差点换不过气，话也说得不连贯。那是一双白色的凉鞋，脚背的魔术贴上装饰着花朵。她跟着妈妈一起到我家做客时，也带着那双鞋，生怕被别人偷走。她把鞋盒抱在怀里，每隔一会儿就看一下，以确认鞋还好好的待在那里。

我看着脚上这双崭新的运动鞋，灰色的鞋身装饰着蓝色的宽线条，露出了满意的笑容。尽管有点奇怪，但是我的脚会因为鞋而变得不一样的想法是诱人的。我习惯了穿职业正装、打领带和从来不离身的近视眼镜。而现在我却穿了一双彩色运动鞋，感觉自己正变得和那些快乐享受生活的美国人一样了。

历经战火洗礼的破碎的脸，搭配以笔挺优雅的西装，这让我看起来很矛盾。好像一枚硬币，一面闪闪发光、光鲜照人，但反面却是一张老人历经沧桑的面孔。有时我就像这枚硬币，当我面朝窗外、背对着门，站在游戏开发公司的办公室里时，如果有访客进来，他会在我转身的一瞬间露出惊讶的表情，甚至在握手问好之前的那几分钟里，依然是震惊的。

我曾经在所有人的脸上看到了同样的表情，以及人们为了适应我脸上难看的伤疤所努力平复的心情。我会用手扶着墙走到办公桌前，这样我就不用在短距离中拄着拐杖。这时访客刚刚从伤疤的震撼中回过神来，又看见我一瘸一拐走路的样子，便更加疑惑不解了。

很多时候他们什么也不问，但无一例外地都会露出好奇的表情。我为此编了很多故事，比如我小时候从祖母的窗台上摔了下去，又或者我骑摩托车的时候出了交通事故，我摔到地上的时候被碎玻璃划破了脸。我这样做并不是有意欺骗谁，只是觉得有趣。有时候性格的黑暗面也会显现出来，我便给他们讲大屠杀所发生的事，讲那些没有得到任何惩罚依然逍遥法外的罪犯们，以及战争所造成的惨剧，一讲起来就滔滔不绝，直到访客感到无聊或者尴尬。

"啊，那太可怕了！"

"所有这些都发生在你身上吗？"

美国人听完之后的反应都是这样的，仿佛他们来自另一个星球，不知道这样的事情竟发生在我们阿拉伯人身上。

"你太勇敢了！"

当他们紧紧握着我的手的时候，我会对他们微笑，努力表现出因为他们的同情而深受感动的样子。如果不是因为我在科技行业的地位，这些客户们将很难在与我的会晤中感到自在。残缺的身体让我总能颠覆人们对成功企业家的印象。也许正因如此，我才不愿修饰腿残和伤疤，这样既可以彰显我的独特性，又无须欺骗他们，让他们了解真实的我，看到我沧桑的皮肤，而不是在医院重新植皮。

不管在陌生人面前还是亲友面前，应该如何表现对我来说从来不是问题，我的问题是如何训练自己跨越与他们之间的距离。问题并不在于我是一个巴勒斯坦人，也不在于有时候我想逃避社交，而是如何消除对一个没有记忆、从未待过的陌生地方的疏离感，这是我至今未能解决的难题。

也许保持疤痕是告诉别人我来自"那里"的一种方式，那个无人知晓的地方，面积狭小，每天都在变得更小。也许有一天，它会从这个世界上完全消失，不复存在。

那是一个乌托邦般的地方，安放了所有关于疼痛的美好含义，也许是一种没有逻辑的阐释，或唯一存在的真相，疼痛的、破碎的、美丽的真相。让人们不得不承认生活和其中的悲剧。

我与海伊莱达也一度关系紧张，因为我们的身体难以交融，甚至我们在肉体和灵魂两方面都在互相对抗。然而我们的身体渴望达到水乳交融的状态，尽管这个渴望难以实现。

我不是一个能够灵活掌控自己身体的男人，所以只能训练海伊莱达适应我的残疾。认识她以后，我久久地把她抱在怀里，直到她的乳房和臀部之间的部分渐渐变得柔软，我等待着她的身体完全屈服，然后告诉她应该如何动作才能和我的身体协调一致。

我感觉到她的腹部正压在我身上，我在她身下要求她注视着镜子，观察保持这个体位时她的脸如何变得明亮、透明。而我观察着她羞涩的表情，然后要求她直视着我的眼睛。她亲吻着我，好像意识到自己即将达到高潮，并想邀我一同抵达高潮。

但是随着海伊莱达对一切逐渐了如指掌，比如该如何移动身体，该抚摸我的哪个部位，我一方面沉醉在快感之中，另一方面却开始害怕她要求得越来越多。我害怕我的脚帮不了我，我希望她仍然什么都不懂，而我可以继续做传授者，她还是那个通过我才了解世界的小姑娘。然而，她好像一夜之间就变成熟了，这种成熟是不可逆的，她只会变得越来越成熟和老练，变得像一个美国女人，像一个不解之谜。

每当回家发现她不在时，我便更加相信她将不再回来。她有能力离开，任何一个有如此能力的人，走了都不会再回头。

我看着她的照片，好像她的一切还在我身边，仿佛她身上的香味还留在房间的每个角落，那是一种独一无二的味道。某一天晚上，我沉浸在这种香味里，脑海里想着海伊莱达的时候，玛丽莲（我的一个美国女性朋友）开始疯狂地敲起我家的门。

她进屋后坐到了沙发上，沉默了几分钟之后，突然爆发式地大哭起来。她抱起沙发上的一只抱枕，一边用力地撕咬，一边扯来扯去，那架势仿佛是要用力量和愤怒，把目之所及的一切都毁掉。显然，这只抱枕满足不了她。

她把抱枕扔到地上后，两只手捂着脸，随后又看看自己被泪水打湿的双手，好像它们不是自己的手。此时，我不知道该如何是好，我没有走上前去替她擦眼泪，因为我比谁都知道，这种撕扯枕头的疯狂举动背后累积了多少悲伤和痛苦，以至于没有情绪的出口，只能依靠这种最原始的暴力手段来发泄。

她告诉我她现在不是一个女人，她再也不觉得自己是一个女人。她把手放在胸部，让我看着那里，看着她已经开始出现皱纹的皮肤。"生活太迷茫了，没有时间，也没有尽头。他们告诉我，作为一个女性，你应该有诱人的身体，或者丰满的乳房，性感的双唇，让他们都见鬼去吧！我拥有所有这些条件，但是我却不觉得自己是一个女人。你知道吗？你看看你自己的身体，虽然它是残缺的，但是有些时候我却嫉妒你。我觉得你对此应该深有体会，也应该能理解我的感受。我们总是会对自己缺失的东西格外敏感。当我和某个男人躺在床上的时候，我甚至想从他身上找到我缺失的那一部分，让我成为一个完整的女人，但我却发现我正离自己越来越远。我变得不自然，我无法在某个人的怀抱里感到放松和安全，而是只有惊恐。这就是我所有的感受，但是我还要假装自己很高兴，直到找到一个合适的借口逃走。"

她沉默片刻，接着说："你看看我的脸，告诉我，你看到了什么？你能看到一个快乐的女人吗？"

我回答她："我看到了一个美丽的女人。"

"现在哪里还美？"

"你从不刻意显示你的美丽，这就是最美的事情。"

我等她慢慢地平静下来，然后倒了两杯啤酒。她的手还在颤抖，当她想抬起手抚摸自己脸的时候，却抖得更加厉害，好像不确定是先安抚一下流泪的脸颊，还是任由自己继续哭泣。

好像举起手只是为了远离，她既残忍又失望和恐惧。玛丽莲艰难地倾诉着，问我是否明白她的意思，并为她的突然来访表示抱歉，一遍又一遍地说她真的非常需要一个朋友。

我试着缓和气氛，于是告诉她，也许有一天我也会这样找她，毫无预兆地站在她家门口，等她开门，然后我就躺在地上开始滔滔不绝地诉苦。玛丽莲是美国和印度混血，她看起来就是那种大都市人的样子，集攻击性、矛盾和温柔于一身，这让她总是显得很紧张。

她其实很美丽，是那种会随着年龄的增长而越来越耀眼的女人。海伊莱达也是这种女人，像水果一样越成熟越美味。她们俩都是那种永远不会被生活困住的女人，你没有办法用家庭和责任来束缚她们。

她们是那种不会为了生存而屈服的人，即使她们渴望平凡。可能我之所以害怕失去海伊莱达，是因为我知道残疾代表着失去，它是死亡的千万种形态中的一种，而我就像是棋局里的最后一枚棋子。如果我走错一步，那将全局皆输。我没有能力承担这一步可能带来的后果，于是我放下手中的棋子，陷入了僵局。不再与对手为敌，而是与时间博弈。时间会摧毁一切，它以锋利的刃威胁着所有人，逼迫他们直面现实。

时间也是玛丽莲的敌人，但她的情况又有所不同。她没有逃走，逃走的是时间，沉重而遥远。二十世纪九十年代初，她的丈夫入伍后，被派往海湾国家。几个月后，便音信全无。他参加了海夫吉战斗①，当时伊拉克部队入侵沙特阿拉伯，美军加入了援助科威特的国际部队，与伊拉克萨达姆·侯赛因的部队作战。国际部队驻扎在沙特边境地区，随时准备作战，而约翰也在这支部队里。

那时的玛丽莲对政治一窍不通，甚至不知道是否应该支持国家的决定，但是她不想失去自己的丈夫。他不在的日子里，她和两个孩子过得非常艰辛。远赴别国作战，她觉得这是一种欺凌。她不恨阿拉伯人，反而厌恶自己的政府。

玛丽莲是一个美国女人，她不喜欢美国，但却不能离开。在丈夫远赴科威特之后，她反复给他打了很多电话，并写了很多信，告诉他，她无法接受当时所发生的一切。生活把她的家庭置于一种窘境，而她并没有做错任何事，这让她感到窒息。

她开始关注每天的新闻，追踪局势的变化，参考政治和历

---

① 1991年的海湾战争是"一边倒"的战争。多国部队依仗高技术兵器优势，以极微小的伤亡击溃号称百万的伊拉克陆军，堪称战争史上的奇迹。但伊军并不是全然被动挨打，也创造了一些反击的小插曲。1991年1月29日夜，伊军装甲部队从科威特发起突然袭击，占领沙特边境小镇海夫吉。这场伊军主动出击，倒打一耙的越境作战，被美军称为"海夫吉战斗"。

史书，好像这些事情占据了她生活的全部。她甚至给纽约市长写信，列举了反对美国参与或干涉其他国家战争的理由。好像在他走的时候，她就知道这可能是长久的离开。她在写给纽约市长的信中表达了强烈的愤怒，说在这个珍珠一样闪耀光芒的城市里并没有自由。

"我没有办法了，我写这封信给你，因为没有其他的选择，我是一个面对着自己热血沸腾的丈夫却无能为力的女人，在我看来他只是被谎言所欺骗。我们每天都在讨论自由，并说要把自由带给全世界。但是我们却很少有人认真审视我们自己的制度，认识到我们在说谎。所有这些我们反对的国际决议，最终都会以民主的名义被堂而皇之地实施。美利坚不喜欢弱者和失败者，但却扮演他们的发言人。我想象我的丈夫，某一天他就站在一队士兵之中，跟他们一起朝着完全不认识人开枪扫射。我们总是批判那些中东人，他们不敢反对暴政者的命令，而只能服从。但是在我看来，我们跟他们并无区别。我认为我们与那些批判他们统治者的东方人没有区别。我想把丈夫找回来，我不想我的两个孩子一直问爸爸在哪里。这才是我作为一个美国公民唯一需要的民主。"

几天之后，她收到了市长的回信。他在信中对这位妻子表示了同情。但是他明确地说，她的男人现在就在海湾，到那里去完全是他自己的意志，不管是当局还是美国政府都没有给他任何形式的压力。

这些都发生在约翰失踪之前。几个月之后，玛丽莲完全失去了与丈夫的联系。已经过去九年多了，她依旧不能确定，他是否已经遇难？是失去记忆还是傻了？或是已被埋在阿拉伯半岛的沙漠里？

她的悲惨遭遇并没有在等待中结束，而是变成了更大的悲剧。你会觉得生活的烛火越来越微弱，尽管默默地燃烧着，却看不到一丝光亮。你无法想象一个无法回答孩子无数问题的寡妇或者妻子的生活是什么样的。每个周末，她都会陪他们去中央公园散步，有时候也会坐马车游园。中午的时候，他们会停在三明治摊前吃热狗，然后一起去逛 64 号大街附近的野生动物园，两个孩子会伸手触摸动物。她很少离开两个孩子单独行动，像要补偿他们缺失的父爱。在他刚离开的时候，大儿子每天晚上都会哭醒，喊着："我要爸爸，我要爸爸。"

她有时会发抖，甚至精神失控，她向心理学专家学习处理类似情况的最好方式。她还学着把自己从中抽离出来，变成舐犊的母亲，避免把自己的愤怒带给孩子，即使在最脆弱难过的时候，也在他们面前保持微笑。

丈夫回来的希望越来越渺茫，但并没有消失。她需要看到他的尸体或者死亡文件，以确认她能在丈夫不回来的状态下继续生活。如果没有确切的死亡证据，就依旧有各种可能性，她拒绝结束等待，也拒绝任何新的开始。

"如果有尸体，只要有尸体……我至少得看到尸体。"她这样对我说。

他留给她的全部就是一本笔记，向她诉说等待中的日子。他写到，他们是如何在极端炎热的天气里戴着防毒面罩，用化学武器发动进攻。他告诉她，那里的男人们都是强者。他们每天很早就起床接受严格的训练，他们整齐地列队听从指挥官的统一指令。指挥官告诉他们要忠于祖国，他们的职责是让这个世界变得更加美好。

"在烈日之下，"他在信中说，"你看那一队队的士兵，他们彼此交换着坚定和充满力量的眼神，没有一点点恐惧。沙粒在他们的军靴下闪闪发光。我注视着他们的眼睛，听着他们的对话，我们同寝同食。其中有一个人总是谈论他的儿子，另一个则不断提起他的女朋友，还有一个人总是沉默，以至于我们都不记得他的语调。有时候，我们感到无助，感觉在这里是命中注定的。没有人谈论过死亡靠近时的虚无感。但是，你知道吗？我们至少觉得自己加入了一支特种部队，战士需要麻木自己的思想，把注意力都用来思考下一场战役，只有这样在黑暗中的等待才不会太久。我知道你生气了，但是你应该明白，我非常想念你和孩子们，也很想家。家离这里多么遥远啊，但是相信我，我一定会回去。我爱你。"

最近一段时间，玛丽莲想找回内心深处的那个女人，好像明白了即使约翰不再回来，也得照样生活。她既疲惫又恐惧，需要新事物来吸引她的注意力，以抵御心中对死亡的恐惧。但是每一次，当她走进新男友的公寓，她发现自己总是惊恐地退缩，然后在半夜偷偷溜走，直至回到两个孩子身边，紧紧地抱着他们，并与他们依偎在一起。

她对我说，当一个人习惯了独自度过一个又一个的漫漫长夜时，便很难再与另一个人同床共枕。每当想到和一个男人在一起，或是在他的身边醒来时，她就有种想逃走的冲动，因为她害怕自己的身心被他们任何一个人填满。比起留在一个男人身边，她宁愿突然消失。但与此同时，她内心深处还是渴望拥有一个伴侣，并且难以摆脱这种渴求。

"我知道，我需要和他们中的某个人在一起，至少那样让我觉得自己是一个女人，我能够欢笑，能够享受陪伴的快乐；但是我非常恐惧，觉得自己非常陌生，如果亲手把约翰变成回忆里的人，那就是在背叛他，所以我只能压抑自己的欲望。"她用一种不正常地歇斯底里的方式向我倾诉着她的恐惧。

我对她说："试着开始一段新感情吧，至少能取悦你的身体。"

玛丽莲回答说："但是我觉得性是一把双刃剑，虽然让我们感到满足，但之后却陷入无尽的空虚。而我呢，我无法单纯满足于身体的快感，这虽然可以减少我的痛苦，却不能给我真正需要的安慰。"

她还说，她开始担心自己给男朋友留下的印象：从一个需要被爱怜的女人，变成一种负担，成为一个失去了魅力、独自与生活抗争的女人。

这种矛盾始终存在，跟某个人在一起，还是依靠自己保持完整、独立。但是玛丽莲没有自己的生活，她忙着尽母亲的责任，而且没有其他的经济来源。她无数次地在卧室里独自落泪，却永远也没有人知道。

每当人们入睡之后，我也会有相同的感受，仿佛被这黑暗的沉重压得无法呼吸。我看到那些已婚的男人女人和他们的孩子，我转过身看海伊莱达睡觉的那边，却找不到她。没有海伊莱达，床单平整得连一点褶皱都没有。在我吃饭的时候，也听不到另一只勺子碰触盘子的声音。

在玛丽莲平静了一些之后，我对她说，她应该卸下重担，从约翰的不幸遭遇中解脱出来；她的等待已经变成饮鸩止渴，她应该原谅他当初的选择，如果爱他，就爱他们共同经历的一切。

我对她说，很多时候，有些人和事终将会变成回忆，只有这样我们才不会自我毁灭。我也非常了解，等不到结果会有多难，哪怕是破碎的真相，哪怕是萨卜拉和夏蒂拉屠杀之后的遍野横尸，哪怕直到此时此刻，那一具具尸体在我的脑海中仍然暴露在日光之下，那些赤裸裸的被蹂躏的身体依旧在痛苦地呻吟着。每当我想起难民营的地面不再是柏油沥青，而是铺满死者破碎的尸身时，我就会想起此刻双脚所踏的美国土地何尝不是铺设在原住民和印第安人的尸体之上？

我很难劝说我的朋友，把筹码下注给自由，而不是死亡，也不是爱情。我在大部分时间里都被仇恨俘虏和侵蚀，就像是虫子在咬噬苹果的内部，于是苹果便从最核心处开始腐烂。

但是她必须要忘记，不是为了原谅她的国家和政府，也不是为了放下失去丈夫的悲伤，而是为了蓄积力量继续生活。生活不会让弱者和在废墟旁边哭泣的人尝到甜头，适应环境不是一种选择，而是活下去的条件。折磨和悲伤也是这个世界残酷的一面，失败者无权拥有财富。我们必须忘记那些不快、放弃不想要的一切，把悲剧当作讽刺，只有这样我们才能每天从床上爬起来后开始新的一天。我们难道不正是这样做的吗？为了能活下去，我们按捺着内心翻涌的愤怒，努力说服自己接受很多事情；我们适应痛苦，甚至变成它的一部分，然后假装已经战胜了它。不知从何而来的痛苦，扎根在人的内心深处，让人觉得自己渺小无助，做不了任何事情。但是玛丽莲却不能这样，因为她是一个母亲，她需要等孩子们找到人生道路之后，才有资格谈论死亡，就像我的母亲一样。我曾经在深夜中醒来四处寻找，却难觅芳踪，我明白她的逝去让我成为一个无依无靠的孩子。我父亲用报纸包的三明治，每次吃的时候，不是太干，就是太湿。他从未像母亲那样，用塑料纸把食物仔细地包好，然后放在塑料饭盒里，这样几个小时后三明治依然是新鲜的。其他同学带来的午饭，不管是面包、沙拉还是黄油饼干都比我的看上去更美味和美观，所以在学校我总是羞于把父亲做的食物从包里取出来，总是躲在角落里孤零零地吃完午饭。在搬到纽约之后，尽管我当时的年龄应该上高中，但为了让我尽快地掌握语言，父亲在纽约的汉密尔顿学院 ① 为我重新注册，因为受伤以来我落下了很多课程。幸好父亲是一位严肃而严格的老师，他无时无刻地提醒我要取得出类拔萃的成绩，他说："这是一个丧失祖国的人唯一的出路。"

当玛丽莲努力让两个孩子接受教育的时候，我在她身上看到了同样的坚持。我的这位朋友在困境中表现得像一个热情的阿拉伯人。当背叛早已在社会中司空见惯，我们依然起誓说忠诚是阿拉伯民族特有的美德。我很难想象她是一个美国女人，因为在我的想象中，外国女人不应该有这样热烈的感情。

每当听她说话，我便想尽管我有能力在一定程度上融入这个西方国家，但内心深处只是流于形式。我无法对阿拉伯人和外国人一视同仁，即使尝试也没用。

在我心中的某个角落，"他们"是"他们"，"我"则是"我们"的一部分。我曾经不自觉地把外国女人看作俘虏，尽管这

---

① 汉密尔顿学院（Hamilton College）是一所美国顶尖的私立文理学院，它位于美国纽约州北部的克林顿市。

种描述很不文明，甚至自己也对此嗤之以鼻，但不可否认是它确实存在于我的潜意识里。

也许我也想通过海伊莱达实现对移民的复仇，向我的基督教宿敌、她的家族去证明，虽然他们正在一步步地消灭巴勒斯坦人，但是我却从他们家族内部、他们的女儿心中卷土重来。

也许在爱情的某一个层面，我是爱她的，因为她使我摆脱了自卑，让我战胜了迷失在杀戮和战争中的傲慢。她是我渴求的青春。身为基督徒的海伊莱达爱上了我，这证明了巴勒斯坦人的价值。我们应该被爱而不是被杀害。

最引诱我的还是原始的欲望和冲动。我并非以完整的身体，而是以一副残躯吸引了她。还有什么比这更能让一个男人感到完整？残缺的部分终于被填满，屈辱仿佛也被洗刷干净。难道这样还不足以让我们的爱情如史诗般壮丽吗？

但是所有人都忘记了一点，史诗不歌颂爱情，只书写传奇。我对海伊莱达的爱的另一面，正好揭穿了传奇故事的谎言。那是我敌对的反面。

在我心中，海伊莱达不是什么基督徒，用宗教来定义她是件多么愚蠢的事，只有史诗中才会这样。海伊莱达是一面明亮的镜子，我可以毫不畏惧地直视她；是一口清澈见底的井，我可以对之袒露心扉；是温暖的笑容，给予我生活的希望。

她的纯洁和清澈如同宗教一般，她是不会诱惑你，或者让你感受到被考验的真诚信仰。她像一个秘密，激励你去探索和发现。她就是如此美妙，甚至更让你震撼。我们之间有那么多令人难忘的细节，我无法把这份感情视为幻想、史诗或是复仇。从这一层面来说，我们之间的关系只有一种定义，那就是爱情。

我身体中的刽子手和牺牲者长久地斗争着。只有把这两者全部放下，而且完全享受我们作为爱侣的身份时，我才能感到舒服自在。当她坐在我的腰间，我伸手把玩她的发辫时，我会忘记一切禁忌，只剩下爱她。

我和玛丽莲一直聊到黎明，直到她也自言自语地说要回家了，回去拥抱两个孩子。对于她来说，两个孩子的所在就是最安全的地方。那天晚上，她告诉我与一个男人重新建立关系是多么的困难。

她觉得自己被分成了两半，一半被生活琐事困住而不得不承受生活之苦，并与之战斗；另一半则渴望着生活，与前者完全相反。"也许这就是生活，"她对我说，"试图走出悲剧，但悲剧可能就是生活本身，因为在悲剧中才会对未来抱有期待。"我完全理解她，我也曾尝试从生活最底层走出来，然后才发现与之抗争的对象叫作命运。

玛丽莲并不想成为一个失魂落魄、对丈夫遭遇一无所知的女人，但却发现自己已变成了这副样子。就像活在世界上的大多数人，突然有一天发现自己与他们预想中的样子南辕北辙。而我也没能幸免，故事的开头与结尾总是充满了矛盾。我总有一种冲动想忘记我从何处来，忘记只有在父亲的讲述和对母亲的思念中才存在的祖国，忘记在我身上留下记号的战争。就像是给玛丽莲留下两个孩子的那场婚姻，孩子是爱情的延续，但她不知道是否应该结束这份爱。

那天晚上当她告诉我，她一直跟海伊莱达保持着联系时，我努力掩饰着自己的激动，克制自己不问海伊莱达的近况，以及她在谈话时是否提到了我。我在美国朋友的眼中看到了自己的固执和坚持,海伊莱达抛下我回到贝鲁特,我下定决心要惩罚她的残忍和任性。

有很多次,玛丽莲差点就说我伤害了海伊莱达,虽然她没有说出口,但是我却看到了她责怪的眼神。当她说海伊莱达是一个很特别很真实的女人的时候,就仿佛在责怪我欺负了海伊莱达。我原本可以向玛丽莲承认,与海伊莱达分开这么远这么久,我是多么痛苦,告诉她我家里到处都是海伊莱达的香味,承认我多么害怕再也无法感觉到这份爱,害怕对爱的表达不再是相互的。

我坚持认为我们的分离是一种考验,海伊莱达如果愿意,是会回来的。然而我却忽视了一件事,那就是我年轻的爱人,我的小宝贝,也需要我的安慰,需要让我告诉她在我心中的地位是多么不可动摇、不可替代。

我曾经想过我们爱情的结局,就像言情小说中写的那样,女主角为了爱情归来,爱情最终战胜了所有艰难险阻,包括我无法跳舞的残缺身体、我对死亡的忧虑、我们不同的身份。我曾希望爱情可以战胜一切,我不需要费力地守护它,所以我现在好像是向爱情复仇,向它讨回我的权利和获得幸福的机会。

2

　　"我的儿子，知道我为什么带你来美国吗？因为我们现在在黎巴嫩所做的一切抗争都是无用的，对改变现状没有一点点帮助。你千万不要觉得我带你来美国是因为我不爱国，或者是我贪生怕死。我们巴勒斯坦人，如果留在黎巴嫩的土地上战斗，最终只会自取灭亡，民族也将后继无人。也许我抛弃自己的国家是一个错误，但不管在那里还是美国，我们都是异乡人。"当我问父亲，我们为什么要离开难民营的时候，他是如此解释的。

　　父亲会跟我说很多关于故乡的事情，描述我们村庄的样子、土地和房屋墙砖的颜色。他总是说，一个人如果离开了祖国，就会遭到歧视和不公，从而得不到应有的尊重。"儿子啊，他们所有人都出卖了我们，把我们阿拉伯人出卖给了犹太人，他们说早晚有一天我们能回去，我们就这样天真地相信了他们的谎言，然而实际上，我们再也回不去了。但是你妈妈，她还在那里。"父亲告诉我，他和他的同伴们是多么失望，当初离开巴勒斯坦逃往难民营时，他们曾以为那里的生活是暂时的，他们终将会重返家园。他们知道那是一场灾难，却没有料到这场灾难不断发酵，直至今天也没有结束。他们过去从未经历过这样的灾难，甚至连想都没有想过。他们曾经以为背井离乡的那一刻就是最悲惨的时刻，但当现在变得暗无天日，未来又无从知晓时，他们才艰难地认识到现在比以往任何时候都要悲惨，而过去似乎比现在要好一些。

他们大概在难民营生活了五年。她[①]会在激动时雀跃，在暴雨中陷入沼泽。他们终于被允许修建自己的房屋，每一间的面积最大不超过 1.5 平方米。他们的人口数量也在不断地增加，然而难民营的面积却依然不变，他们只好把房子越盖越高以扩大面积。他们用巴勒斯坦村庄的名字来命名难民营的不同区域：塔布利耶、艾因·扎伊屯、卢比亚、拉斯·艾哈迈尔。他们还会在墙上写下从那里到故乡的距离。夏蒂拉难民营的牌子上所写的字，我现在都记得清清楚楚："建立于 1949 年，距离巴勒斯坦边境 92 公里。"他们想把祖国带到自己所到之处，而不想失去自己的身份和国籍。

父亲说："他们没有想到，当他们逃到其他地方的时候，以色列人占领了他们所有的村庄，所有的房屋。他们怎么会想到呢，当初他们被告知是可以回去的。"

在我们来到美国五年之后，父亲在弥留之际的所有遗言都是关于母亲的："我把她交给你了，只要条件允许，你一定要回去找她。"在我看来，母亲对他来说就是巴勒斯坦的象征，他一直都做一个梦，梦想有一天还可以回到她的身边。

他还要求我回去后要好好地照看家里的那些橄榄树。他说母亲虽然身体强健，但是没办法一个人承担所有的农活。某些时候，我会相信她确实还在那里，我也想像他那样给梦留一点

---

① 此处的"她"指难民营。

余地，把悲剧的沉重寄托于回归的希望，把我们所失去的一点一滴都寄托于斯。就像所有流落他乡的巴勒斯坦人一样，直到生命的最后一刻也不放弃解放祖国的念头，就好像时光会倒流几十年回到迁徙之前，故事会重新改写，毁灭也不曾发生。

但是，梦不就是这样不现实的东西吗？以色列已经占领了我们的国家，并且在那里为所欲为。巴勒斯坦人还能从哪里找到希望，我们期盼着回归家园，然而家园的土地却日益萎缩。什么样的奇迹才能战胜这盘踞在我们身上的邪恶，我们是不是已经被上帝遗弃在了厄运里？

我们怎么会变成这样的弱者？需要在自己的土地上忍受各种屈辱的安全检查？那盘踞在世界王座上的到底是什么力量，能把你从自己家里驱逐出去？难道这就是邪恶的力量吗？这是犹太人为他们过去所经历的屠杀在复仇吗？会不会有那么一天，位置颠倒，巴勒斯坦人也会变得这样残暴？当力量的天平发生倾斜，我们也会向以色列复仇，把现在的一切加倍奉还吗？

在纽约的蓝天之下，如果我挂着拐杖走在大街上，我有时会觉得自由。我小心翼翼地慢步前行，会感到前所未有的轻松，仿佛全世界只有我一个人走在一条无人知晓的道路上。

以至于我的国籍，也不再成为我的负担。我看到人们都在为每天的生活忙碌着，都专注于琐碎的日常，而不为世间的喧嚣而苦恼。大家都是不同国籍的普通人。其中，一个人拖着一个小行李箱，另一个人则看着手中的地图，寻找自己的方向。

一个男人夹着公文包前往上班的地方，太阳照在所有人身上。令人奇怪的是，这里的美好本身也令人痛苦：我只是一个陌生人。我不再处于那个所有人都互相认识的难民营。在那样一个看不到太阳的地方，所有的巴勒斯坦人都彼此相识，这并不奇怪。

当这个念头闪过的时候，我感觉到胸口一紧，就好像是难民营的四周变得扭曲，并越来越狭小，把蜗居苟且其中的人们挤压在了一起。

但是我现在不愿想他们。当坐在沙发里喝着一杯咖啡的时候，我不想这个诅咒一直萦绕在我的脑海里。我试着把他们从脑海中赶走，可我越是这么做，那个画面就越清晰深刻。

当我搭乘地铁的时候，仿佛突然来到了世界的最底层。这个地下世界汇聚了各种肤色和国籍的人，在这里隐藏着从战场上和难民营里逃出来的人，这里有廉价的生活。你如果不能及时地上车，那么列车就会疾驰向下一站，把你留在原地。这就是美国，优柔寡断的人将无法立足。

原地不动地观察那些进进出出、行色匆匆的人，你就会知道另外很多人正在你头顶的路面上经过这个车站。这多么奇妙啊，城市的地道变成了便利公民出行的工具。当你从纽约的地铁站走出来看到高耸入云的摩天大厦时，就会感到这种反差是多么神奇。这高低之间的关系是什么？它们的平衡点又在哪里？

从地铁里走出来，我坐在街边的一家小咖啡馆里，思考着我究竟在哪里，是在这个城市的底层，还是顶端？我是在海伊莱达的家乡，在纽约，还是在我的故土？我不过是个异乡人。我想终有一天生活会补偿我所有的漂泊之苦，我不愿意长久地被过去的悲剧所囚禁。这是我一踏上美国土地时就萌生的想法。如果不是因为那邪恶的力量，我不会在某一天决定遗忘自己的脸和脚，为了挣钱上学，而一天工作几十个小时。

有时我也会梦想有一天我会解放巴勒斯坦。曾经我最大的愿望就是变得强大，不论付出什么代价。必须要承认的是，我身上大部分的坚韧决绝继承自我的父亲，一位像战士一样斗争的教师。

我的父亲穿上军装的时候，也曾梦想着解放他的祖国，而当他发现自己只是在别人的国土上战斗时，又脱下了军装。那时的他，是最让我敬佩的人。母亲深爱着他，在她眼中他如友、如兄、如父，他是一个不会被打倒的男人。这让我也希望自己能够成为一个像他一样的男人。

如果不是因为受伤的脚，以及痛失海伊莱达的恐惧，我发誓我能够成为一个完美的情人。但是这种恐惧里的有些东西是不自觉的，我知道它在操控着我，我看到它遍布我的全身，但是我却拒绝承认。为什么多年之后，我失去了我的梦？它们去了哪里？难道生活就是如此驯服我们的吗？为什么在我年轻的时候，我尚且能够一次又一次地与自己做斗争，而现在的我却老老实实地举手投降？除了沉浸在遗忘之中，我什么都不想做，甚至忘记了自己的模样。难道这就是惩罚吗？

"你已经得到这个职位了。"

研究中心的工作人员说道："但是你得注意，这项工作需要你付出很多，不能通融，你需要和其他人一样地工作。"

我迅速点头，表示我完全同意他说的话。

我们的尊严，是的。父亲，你知道我们的尊严是什么吗？因为如果我们不回去，毁灭我们的不是遥远的距离而是这种该死的屈辱感。父亲，你知道我为什么尊敬你、想念你吗？因为你对那片土地的爱就像她一样纯洁。你知道我为什么不能像你一样吗？也许是因为我不曾在那里生活过。

也许我只记住了她被欺凌的模样，因为我不曾目睹她的美丽。你们那一辈人经历了迁徙、遭遇了敌人的炮火，我们却只知道你们的苦难。父亲啊，我从电视机屏幕上看到他们，听到他们的故事，但是我不知道这些能否也让找也成为他们。

你说我们的尊严在那里。我却说那里只有痛苦。我想告诉你，父亲，我不能消除自己是一个失败者的感觉。我不知道你抱起两个孩子，带着他们移民，抵御参战的诱惑的勇气来自哪里。

你本可以继续活在谎言里，在不属于你的土地上战斗，说服自己那些伟大的口号都是借口，但是你却先退出了战场。我们巴勒斯坦人怎么才能保持理智，分辨对错。我们复仇的名单是混乱的，上面充满了愤怒。一个人怎么能只沉浸在痛苦中，不去分辨什么该做，什么不应该？走投无路的穷人，如果去偷盗，是否应该被审判？

你看到我们在黎巴嫩的战斗是错误的，所以你离开了。父亲，但是我在绝望的时候，只能咒骂命运的不公，咒骂我已不再信仰的主。你已经不在这里了，也无法继续回答我的问题。那以后还会发生什么呢？我们终有一天会回去吗？你坚守着回归的信念，抛下了我，却没有留下回家的地图。父亲，我如何能像你一样深信不疑？一个女人从小就认为我们会邪恶地占领她的国家，那她为什么还会爱我？

海伊莱达远在世界的另一端，我多么希望知道她现在的处境。她是否已经把我们的故事告诉了他们，她是否会想起我？我更加频繁地和难民营里的亲人联系，仿佛是为了缩短我与她之间的距离，仿佛我准备好了回去，并准备徜徉在那片曾接纳了我和我亲人的土地上，尽管那是痛苦的。我曾想象她站在他们中间，那些厌恶巴勒斯坦人的人中间，他们认为我们是战争的一部分，应承担破坏他们家园的责任。如果这样，她还会在他们面前勇敢地为我辩护吗？

我曾想象他们在一起的样子，我问自己他们之间会说什么，会流传着什么样的故事，她会跟他们说她在美国的学业和她的舞蹈吗？会说那场我缺席的晚会吗？

3

黎巴嫩山　2000 年　海伊莱达

"你离开你的国家，就是为了跳舞吗？这是一种理智的行为吗？"父亲的一个朋友问我。

"这是我梦想的很大一部分，"我回答，一边说一边挥舞双手，向他解释舞蹈对我的意义，每当我跟着音乐节奏跳舞的时候，就仿佛和音乐、甚至空气融为一体。

我父亲没有听，他只是假装在听，但他完全没有被说服。他曾经高兴地将我这个女儿看作"开放"的象征，好像我在西方国家里居住生活，就能够实现他的梦想——想要踏进更高级别的世界或阶层。正因为这个梦想，他才接受我出国留学，还炫耀他的女儿在全世界最有影响力的国家求学。他想显得开放文明，也许他想紧随我的步伐，让全家人都能够在美国定居。

他向与西方相关的一切示好，仿佛那是一个没有错误的理想世界，他还总是问我有没有和那个世界的公民陷入恋情。有一次我问他，如果我在那边和一个阿拉伯男人谈恋爱会怎样，例如叙利亚人、海湾人或者巴勒斯坦人。

他很夸张地大笑，好像觉得这是绝对不可能发生的事情，他觉得我就应该爱上某个叫作"乔治""安德鲁"或者"迈克"的人，从未预料到我会对他说，我在那陌生国度里爱上某个"穆罕默德"。

"你绝对不会让这样的事情发生，我非常肯定。"

"是什么让你如此有信心呢？"

"我了解你是怎么长大的，你不是这样的人。"

"你指的是哪样？"

"你跟我们在这里就过得很开放，我们给了你这么多的自由，你不可能跟一个处处限制你的穆斯林男人在一起。"

"但是爸爸，我真的自由吗？"

"问题是你已经走向了自由，我在你的心里埋下了种子，你就是它的果实。所以你绝不可能爱上一个跟你不同类型的人，你会发现自己根本做不到。"

我想告诉他：爸爸算了吧，什么你在我心中种下的自由，那只是单方面的自由。强者的自由和弱者的自由，是完全不同的概念。我们的自由，来自虚无的胜利和优越感，来自封建礼教，来自我们所归属的庞大的古老家族。而这个家族永远不会为其犯过的错误感到羞愧，没有人敢挑战或者离开。家里随处可见的是挂在墙上的胜利旗帜、祖父、曾祖父和高祖父的照片和画像。但你却从来没有告诉过我，我们为什么会如此高傲。你只对我说过，我的伯父自杀了，他是一个英雄。

战争时期，伯父在前往西贝鲁特执行军事任务的路上，遇到三个巴勒斯坦人的包围和埋伏。他曾经是军校里最优秀的军官。"看，那些都是他获得的勋章。"我小时候一边数着勋章，一边听到你这样对我说。

"我警告过他不要去，但是他非常固执。我们整个家族的人都是既固执又倔强。瞧，你也是一样，总是固执己见、一意孤行。当时，所有人都反对他去那里。然后他遇到了那三个巴勒斯坦人。"你重复着那个数字和国籍，三个带着头巾的巴勒斯坦男人杀害伯父的画面深深地印在了我的脑海里。我当时觉得，那些人，那个民族的人，就像你所描述的那样，是强盗和罪犯。

现在，我知道了他们并没有杀死伯父。但是你当时讲述那件事的时候，就好像是他们杀死了他："在他做祷告的时候，他们把他绑架到车上，想抢走他的武器。你要知道，一个军人的武器被夺走是多么大的侮辱。他感觉受到了侮辱，于是开始反抗他们的恶行，朝他们开了枪，杀了他们，然后回到了家。他回到自己的房间后，反锁房门，因承受不了所发生的一切，所以用一把左轮手枪结束了自己的生命。他是一个真正的男人。"

你就这样结束了关于伯父的故事，还补充了后来的事情："在伯父自杀的数月后，他们带回来了他的女儿，她被装在一个黑色的塑料袋里，只剩下支离破碎的身体，她死了。当时她刚满九岁，是一个美丽的女孩，不，应该说她的美貌惊为天人，跟你有点像。如果她还活着，应该只比你大一点。幸好她父亲死在她前面，他们现在应该在天上团聚了。"

"但是他们为什么把她装在黑袋子里？"

"这就是战争期间会发生的事情，没有足够多的白布来包裹尸体。"

"为什么他的妻子，从来不看望我们？"

"她去贝鲁特生活了，后来跟一个姓凯阿迪的人结婚了，艾麦勒·凯阿迪。"你带着仇恨重复着她冠上夫姓之后的新名字，仿佛她是一个堕落的女人，玷污了我伯父的名誉。

"但后来她回来参加了爷爷的葬礼，她并没有忘记我们。"

"不知廉耻的女人！如果不是因为敬重死者，我早就把她赶走了！"

"为什么？"

你没有回答我。

既然伯父自杀是因为他无法承受自己变成一个杀人犯，但是他杀人是为了不受侮辱，是因为无法承受杀人的压力，那么，他所杀的那些巴勒斯坦人到底是什么人？伯父当时是如何以一敌三的？要知道那三个人非常凶残，当时伯父还被他们绑架在车上。而伯父的妻子是一个不尊重我们家族和伯父名誉的女人。那么，这整个故事链条里，缺失的那一环是什么呢？

伯父的照片被挂在房子的中央，我曾经非常害怕那张照片，每当我一个人在房间里的时候，总觉得我在独自面对死亡，觉得他会突然从照片里走出来。你曾经也承认，他是一个有点神经质、脾气古怪善变的人，以至于所有人都害怕他。连父亲你，他最小的弟弟，也害怕他。你小时候，甚至不敢长时间地待在他身边，这些都是你告诉我的。但是你非常爱他，比父母和任何兄弟都要爱他。就像你说的那样，他是我最喜爱的伯父。他之所以是最好的，难道是因为他太早去世吗？死者离开的时候也带走了他们曾经留在我们脑海中不好的回忆，面对他们最后纯洁的灵魂，我们显然失去了指责的能力。

你很少跟我讲关于战争的事情，这个故事是其中之一。当我问你是否也在某场战役中杀过人的时候，你没有回答。有几次，你用眼神否认，又有几次，你的表情看起来好像你曾经杀了很多人。但是，你从来没有回答过我。你只是说，杀没杀过人并不重要。"它的名字叫作战争。"这是我从你那里得到的唯一的答案，仿佛这个名词足以让你可能杀过人的行为合法化。

乔治伯父是唯一敢于承认自己杀过人的。他说他曾经参与了一次屠杀，按照种族来杀人，也就是所谓的"种族灭绝"。有一次我问他，什么叫"种族灭绝"？他说就是在他们杀死我们之前，先将他们赶尽杀绝。

"这就是种族灭绝，那么他们是谁？巴勒斯坦人吗？黎巴嫩人？还是穆斯林？"

"他们也在杀我们。它的名字叫战争，而我们是强者，啊，我们曾多么的强大。"

"但是难道他们没有名字吗？"

"不，他们什么也不是，什么也没有。他们都是差不多的人。你希望我撒谎，假装后悔吗？事实上，我不知道自己是否后悔。他们告诉我们应该去杀人，我们就照办了。"

"谁说你们应该去杀人？"

"党。"

"什么党？"

"就是你所知道的那个党。"

"这也太简单了。"

"那你想要什么呢？你想让我忏悔祷告吗？我告诉你，我到现在都不知道如何评价这件事情。我们拿起了武器，因为所有人都扛着武器。在丛林里，如果一个人赤手空拳，那么他肯定会被野兽吃掉。我们梦想中的'大黎巴嫩帝国'，只是希望国家属于我们自己。陌生人蜂拥而至，好像一切都是合情合法的。如果你看到陌生人来到你家门口，你会怎么做？你会乖乖地给他们开门吗？"

"但是他们仅仅在寻求一个避难所。"

"寻求避难所的人不应该手持武器……既然政府都不惩罚我们，你为什么坚持翻这些旧账？"

"哪个国家？"

"政府……政权。"

"你们也是政权的一部分。"

"不，不。事情不是这样的。曾经我们是有尊严的。"

"但是我爸爸，他不再……"

"不再怎么样？没有人变。是时代变了。姑娘，这不再是我们的时代了。"

伯父很悲伤，他觉得只有基督徒遭受了战争的惩罚，他们被其他人打败了。甚至连西方人都没有向他们伸出援手，他们独自承受着失败，甚至失去了对黎巴嫩的统治。但是父亲一直坚信昔日的荣光会重现，于他而言，这只是时间问题。他一直努力地想在政坛获得一席之地，他想恢复之前的政府。他去参加弥撒，为了巩固他和大主教的关系，而利用自己纯洁的儿子来纪念父亲的抗争，以及为"大黎巴嫩"所付出的努力。他曾经带我们去农村，指着面前大片的绿野和流淌着的溪水说道："这样的美景勾起了人们的野心，我们保护了它，从而没有让别人抢走它。最终上帝会眷顾我们的。"

4

我的朋友穆哈辛，也是经历了战争的一代人。但是他没有杀过人。而是选择了离开。他威胁他的母亲，如果不给他买机票，他就会加入共产党。他站在位于贝鲁特库斯库斯大街的自家窗下，身边还站了几个战士。他的一个朋友还抱着步枪，叫他妈妈来看。

她喊叫着让他立刻回家。她说会卖掉自己的一套首饰，然后给他买机票。"今天一大早，你要走就走吧。"她说着，心如刀割，他是她最心爱的孩子。她无法忍受儿子手里握着枪。她害怕如果他继续留在这里会被毁掉，并最终屈服于他的意愿。战争已经带走了他们的很多亲人，她说过，如果看到她的孩子也成为战争的牺牲品，她会杀了自己。

我之所以跟穆哈辛成为朋友，是因为我们都有一种优越感，我们有能力做自己想做的事情，因为我们都有过痛苦的经历。但是他跟我还是有一些不同之处，他是一个成功的逃亡者。他英俊潇洒，是人们目光的焦点，人群中他具有强烈的存在感。我记得有一次问他，难道不害怕这个社会拒绝他在这里生活。

他指着胸前的十字架说不，而实际上他是一个穆斯林。他说，他不相信任何我们祖先的那些关于祖国的传说，当他来到美国的那一刻，他就有一种前所未有的感觉，即一种属于这里的感觉，这里比任何地方都更亲切，更让他有归属感。但是，迈克，美国难道从来没有把你推开吗？在你宣布破产之后，除了祖国，你还能回到哪里？他回答说，他肯定会再回来，回到美国。

他收拾好行李，把家里最后一件值钱的古董也卖了，并结束了自己全部的生意。他穿着象牙白色的皮鞋，白色的衬衣，梳着油亮的大背头，看起来一点也不像失败者。他不像任何人，他就是他自己。

他的床上不缺女人，有时候是两个，有时候是三四个，他活在疯狂和迷醉之间。在一轮又一轮的翻云覆雨之后，他会聊起那个在战争中死去的朋友，还有他背井离乡无缘再见的母亲。

酒精的作用和想要抵达高潮的欲望交织在一起，他哀伤的诉说丝毫不会让你感到他的痛苦。欲望是有意识的。他并不是念旧，而是不受他自己控制的一种情绪流露。当他提及自己家族的时候，也只是说一些与他的成就和经历相关的事情，其他人则一概不提。

有一次，穆哈辛在崩溃中真情流露，虽然这只持续了很短的时间。但即便是崩溃，他也将其作为生活的一部分而坦然接受。那天晚上，伊凡去了他的公寓，她是他真心爱过的一个女人。但是当时，迈克正和另一个女人在一起。他背叛了她，并认为这是合理合法的，或者是离经叛道的生活中很普通的一部分。

背叛算不上什么大事，他已经习惯了被很多女人围绕的感觉。他害怕孤单，渴望跟别人的身体交缠在一起。伊凡是一个美丽的墨西哥女郎，有着一头深咖色的长发，碧蓝的双眼，苗条而匀称的身材。她的一切都是那么和谐，她的脸和身体完美的组合在一起，总是优雅又富有力量。

　　"我打断你们了吗？"

　　她说道，当时他正跟床上的女人一起达到高潮。他迅速从女人的身体上起身，用一只手挡住私处，好像他想跟它一起藏起来，因为它是背叛的象征。

　　"你们继续啊，我就是过来拿点东西而已，迈克，你不用在意。"

　　迈克的女友整理了一下妆容，把一块白色床带盖在身上，准备离开。

　　"没必要这样，你留下吧，小妓女，床上你睡过的地方还是热的呢。"

　　他示意女人赶紧离开，她照做了。她对他没有野心，也知道他是有情人的，而她只是一个临时的玩伴而已。他请求伊凡先坐下，然后会给她解释，事情并不是看起来的那样。

　　他捂着嘴，好像要把话从嘴里扒出来。但是伊凡像猛兽一样走过去拉开了他的手。

　　"你有权利把她留下。现在闭上嘴，什么也不要说。你这个蠢货。你刚才是不是跟那个女人说'你的屁股是我的'，就像你跟我上床的时候一样？你觉得我们能冷静吗？"

　　她一边说着，一边指着自己的身体。

　　"你这个倒霉的家伙，你到底怎么想的？你怎么知道我不会像你背叛我一样地来背叛你？我现在就可以走，我们可以走着瞧。留下你一个人，好好发挥一下你的想象力，当你咬着另一个女人的嘴唇时，我也在咬着别人的嘴。"

"天呐，你在说什么？伊凡，你背叛我了吗？"

"没有，事情并不是看起来的那样。"

"我想知道。"

她沉默了。他摇晃她的胳膊，冲她大喊："我要知道！"

她更用力地把他的手推开。

"你想知道。不要碰我，蠢货。你想什么呢？难道听说了那些女人的故事之后，我应该坐在你们翻云覆雨的地方独自流泪吗？你觉得这样才对吗？"

她指着自己的心，用墨西哥语跟他说道："De mi corazón, De mi corazón!"①

"你这个蠢货，在我的国家，这叫作心。礼拜天的上午，外婆陪我去教堂时总是对我们说，你的心是好的，你才是好的。所以你要好好保护它。她还举了很多用来证明的例子。如果刺痛了你的眼睛，你就让他变成瞎子！这就是所谓的以牙还牙，以眼还眼。"

"那些跟你一样的杂种，从我们穷人区路过，总要摸一把女人的屁股。那些男人每次想靠近我的时候，我就狠狠地踢过去。我可跟那些不要脸的小婊子们不一样。你的钱，你的成功，都诱惑不了我。我在乎的是你的心。但是你从来不守护它。我跟你在一起，是因为你强壮而愚蠢，这些就足以保护我，这就是我想要的。"

---

① De mi corazón，西班牙语，意为"来自我的心"。

"你的衣服上沾满了她们的味道，你难道认为我从来都不知道？当你的手游走在我身上时，我就会闻到那令人作呕的味道。在那被我的喘息声填满的房间里，总有什么东西是缺失的，也许是我的悲伤吧。因为那些婊子们留下的刺鼻香水味让我觉得窒息。她们曾在你身下呻吟，在别人的床上淫叫。因为你背叛了我。从一开始，我就爱着你，忠诚于你，我以我祖母的名义起誓，我对你一心一意。但是你背弃了我，而我却没有办法离开你，我已经习惯了你奢靡的生活。

"不要再说了。"

"哦，不。我们的谈话才刚刚开始。"

"不要说了。"

"我受的苦，只能加倍的奉还给你。所以有时候，我刚跟某个男人结束欢爱就会立刻来到你这里。你知道吗？如果有男人在我身上留下痕迹，我就用你的脸和身体来擦干净。"

"闭嘴，你这个妓女。"

"什么妓女？你才是出卖肉体的人。你不在的时候，出去旅行的时候，我就在这里跟他们做爱。这张罪恶的床见证了我们两个的肮脏勾当，是最好的证人。你想要我怎么做呢？我怎么能忍受你更喜欢别的女人？我的爱人，对此你怎么解释？你还想知道更多细节吗？还是已经够了？"

"闭嘴。"

"我没有告诉你，我曾为了你怀孕、流产。因为我不想让你成为我孩子的父亲。你不值得，你不够格。我杀了这个孩子，我的手上沾满鲜血，我把血涂在自己胸口，我也磨灭了母性。"

"闭嘴。"

"我想过无数次，如果我没有亲手杀死他，我应该给他起什么名字。也许她还是一个女孩儿呢？男孩的话，我觉得他也许会跟你很像，所以我杀了他。但如果她是一个女孩，那么上帝肯定还会给她安排一群坏男人，以此来报复她的父亲。所以我杀了他们，不管是女孩还是男孩，消除了我成为母亲的可能性。我杀了伊凡。除了踢人的本领，你带着她脱离了墨西哥贫民窟里她熟悉的一切。"

"为什么？为什么？"他质问她，几乎要大哭出来。

"哭吧，像那些寡妇一样，像那些娘娘腔的男人一样。"

"离开这里。"

"你以为自己聪明绝顶，能够战胜一切、积累财富，你以为你能够一边背叛我，一边欺瞒我？看看我的肚子，你知道这不是我堕掉的第一个孩子，你知道我曾经被继父强奸怀孕，你知道我是多么的脆弱。你难道不知道吗？你这个白痴！"她说完最后一句话的瞬间坐到了地上，开始歇斯底里地放声大哭。

而此刻，光着身子坐在床上的迈克，也不再控制自己的情绪，他一边哭一边喊道："滚！你给我滚出去！"

她继续指着自己的心，说道："De mi corazón."一边说，一边用牙齿紧紧地咬着自己的下唇。他试图站起来打她，但是完全陷入悲伤的哭泣而不能自拔，像一个被命运击倒的男人，再也站不起来。

她重整妆容走出了房间。在那之前，她扑上去打他，破坏了房间里所有可以打烂的东西。她一边离开，一边谩骂着、叱喝着、诅咒着。她离开时的样子，好像是一个被岁月带走了美貌的女人，像那些饱受生活摧残的女人一样。她一边往外走，一边用手擦眼泪，晕开的眼妆变成一团黑色。她不住地擦鼻子，用手梳理自己的头发。最终，她走了，再也没有回来。

他再次跟她联系，问她是否真的为自己怀孕流产，却只得到了她的咒骂："就算到你死的那一天，你也不会知道真相。"那段时间里，迈克失魂落魄，像疯了一样。不管是金钱还是事业上的损失，都不如伊凡对他的影响大。

"她让我觉得自己不如畜生，我想知道，那个贱人是不是真的杀了我的儿子。"他对我说道。

她曾经告诉他过去在墨西哥的生活，以及被继父侵犯之后她如何逃离了当时的家。"她从来没有见过自己的亲生父亲，在她很小的时候，他就走了，再后来，那个畜生（继父）强奸了她。她告诉我，当时她只有12岁。她向母亲告状，但是母亲不仅不相信她，还打她。除了她的祖母，所有人都打她。每次她跟我说起自己的过去，都与被施暴的经历有关，而施暴者可能是她的母亲、工作的雇主、学校的老师。我是真的爱她，也没有背叛她。我跟那些女人是另一回事，我也不知道怎么解释。"

他对我说最不能接受的是，他在她眼中只不过是个混蛋，跟她口中的那些混蛋没有任何差别。"你说，她现在会如何评价我？怎么跟别人说起我？"

"在我内心深处，好像她狠狠地扇了我一记耳光，她是唯一让我觉得自己空虚无助的女人，那一记耳光是致命的。"

这段插曲并没有让迈克停止和情人们寻欢作乐的脚步，只是在那之后，他再也不让自己受到情感的纠缠，再也没有动过真情。跟同一个女人交往一个月已经是他的上限，然后他便会离开。在他宣布破产之后，他的大多数朋友都与他渐渐疏远。

不过他很快就结交了新朋友，只是跟原来的圈子完全不同，他把命运交给了死亡，也似乎很享受这种堕落的感觉。

他对伊凡的爱是真挚的，但他却无法满足于她一个人的爱。他曾经说，虽然跟很多女人做爱，但是并不享受，他只是想被围绕着，想被许许多多的女人需要和渴望，而追求者众的感觉也成为他痴迷的爱好。当他说起纽约往事的时候，总有一种特别的热情，他说这里是世上唯一可以生活的地方。

"纽约城的灯光霓虹跟我很像，它的拥挤、紧紧地贴着地面的地铁、通往天际的高楼大厦，这些统统是我。每当我在这个地方满足了自己的欲望时，欲望就会增加，不，是翻倍，持续地按几何倍数增长，一旦离开这里我便无法再满足自己。然而现在，他们却在驱赶我！这些愚蠢的家伙，竟然指控我破坏世界经济秩序和造假！我可以站出来，指证他们是在针对我，因为我是阿拉伯人，我很担心如果这么做了，我就再也不能回来了。我还要再回到美国，我要死在这里。"

当时迈克被指控逃税，但是却并没有充足的证据。他的贸易生意和在股市的投资遭受了损失，所有的投资项目也都打了水漂。但是他却坚信，只要暂时避一避风头，事情就会慢慢好转。他坚信自己可以重回美国，东山再起。

他觉得纽约是这世上唯一能容得下他的地方，就像他认为基督徒比自己的民族还要高贵一样。他的父亲，每次颤巍巍地经过民兵设立的路障时，都给那个外号"阿布·瓦伊勒"的民兵首领哈桑交保护费。他们在入口处竖起黑色的旗帜，上面写着"小心，危险"四个白色的字，并号称会保护这里的居民和他们的家人。他们第一次来到父亲开的布料店时，破坏了所有能破坏的东西，把布料撕毁的同时还冲他大喊："你们为什么不交保护费？再不交的话，就把这个店铺拆了！"首领哈桑一边把左脚踩在柜台对面的椅子上，一边把手里的烟头扔在地上："打开钱柜，看看里面有多少钱！"

父亲从裤子后面的口袋里拿出钥匙，颤抖着交给了他们。首领哈桑大笑着，骂父亲是个小气的吝啬鬼，是个不爱国的懦夫，心疼钱胜过自己的性命。哈桑看来，父亲的这种行为是目光短浅没有远见，以后不可以再这样，他现在已经非常了解他们是什么样的人了，也很确定这个单纯的布料商人会承认他们在这里的存在。"年轻人，选吧，我们的这位老哥哥喜欢我们，不要害羞，不要空着手走，每个人都拿点自己喜欢的，这是你们应得的。"哈桑的手下开始从店铺里往外搬布匹和料子，而他父亲却吓得默不作声。当时，穆哈辛刚回到店里，就震惊地看到眼前的一切，而父亲则咬着嘴唇示意他不要出声、不要进门，避免跟他们发生冲突。父亲看到了儿子双眼中燃起的熊熊怒火，害怕他会做出不受控制的事情。

"那些人是跟我们一样的穆斯林，但他们却并没有保护过我们。相信我，没有什么所谓的宗派战争，这世上所有的战争都是相似的。你不需要知道参与战争的人是基督徒、穆斯林还是德鲁兹教徒，不用了解他们是日本人、印度人、美国人还是巴勒斯坦人，这些称谓都只是表象，你只需要区分谁是强者、谁是弱者。"穆哈辛如是说道。

5

父亲有一次告诉我，他的一个黎巴嫩朋友在战争之后失去了理智。"他的名字叫绍基·拉哈曼，是一个基督徒。我们那时候叫他阿布·以利亚。而在战争之后，他变成了一个清真寺的阿訇，变成了一个穆斯林。战争的时候，他总是站在建筑物的最高处，把步枪瞄准路上的行人。他是个神枪手，百发百中，从来没有失误。"

"把尸体翻过来！"

"她是个女人。"

"翻过来，站到一边去。"

"她还有呼吸。"

"你想干什么？把她放下，赶在敌人赶来之前，快跑呀。"

父亲跟着他的朋友迅速离开，不知道那个死去的女人是谁，不知道她是黎巴嫩人还是巴勒斯坦人，穆斯林还是基督徒。但是后来的每一天里，他都忘不了她的脸。他总是会问，我妈妈找到了吗？有没有人翻过她的尸体？

"想象一下，绍基·拉哈曼是一个清真寺的阿訇，却变得沉默寡言，只跟过去的几个旧战友才偶尔说几句。他站在清真寺里，给教众讲授宗教教义，我不知道他为什么会皈依伊斯兰教。"

我曾好奇地听过父亲讲很多战争时的故事。我想象着绍基·拉哈曼身穿白色大袍的样子，我总觉得他已经失去了理智，就像他的朋友、我的父亲一样，在战争之后变成了另外一个人。阿德勒，只有阿德勒，他已经记不得自己是谁。把他送进精神病院后，过一段时间他就会从医院跑出来，变得疯疯癫癫。据父亲说，当阿德勒遇见绍基的时候，就会变得像正常人一样，只是在其他人面前，他还是一个疯子。

如果有任何人过来跟他问好，他便会当面呵斥对方。有时候，整个街区的孩子们都跟在他身后追着跑，朝他扔石头，而他就跟孩子们一起到处乱跑，仿佛是在和他们玩耍，有时候他会突然停下来，完全不理睬他们；有时候会勃然大怒，像一头生气的狮子；有时候则性情大变，反复无常。

在我们来到美国之后，父亲依然跟他黎巴嫩的朋友们保持着联系，特别是阿德勒的女儿。他女儿曾经找过父亲，在电话里说阿德勒的情况非常糟糕，希望他跟她父亲说几句话。绍基曾经是一个职业狙击手，而阿德勒则加入过共产党，从十七岁就开始参加战斗，曾经站在坦克和大炮后面凶残而冷酷地战斗着，就像是被战斗吸走了魂魄，他全身心地投入其中，毫无畏惧。

但是在以色列部队入侵贝鲁特的时候，他亲眼看到比自己小一岁的弟弟变成了一具僵硬的尸体，之后才知道弟弟从家里逃出来后参加了军队，结果不幸遇难。他回到家质问母亲时，愤怒地几乎把房子给掀了。"我跟你们说过了，我已经参战了，不要再让弟弟出来，把他留在家里。"惊恐万分的母亲把儿子赶出了家门，责怪是他害死了自己的亲弟弟："他看到你走了，也去找你了，我现在失去他了，你也不能再去打仗了，我不想明天再失去你。如果你也一去不复返，我就再也见不到你了。"

他离开家，像疯了一样到处寻找杀死弟弟的凶手，那个他从未见过的凶手，也许任何人都可能是凶手。然而这样的事情在战争里不就是家常便饭吗？凶手和受害者的身份永远无处查证。仿佛这些名字都不再重要，他们只是在战争中陷落的躯体。在很多年以后，有些人的尸体才被发现，而有些人到最后也没有找到。其中有些人想凭借眼睛、身高和体型来找到凶手，但是仍然没有人知道凶手是谁。

我父亲和他的朋友们曾经在阿因·马丽萨占领了一个公寓，他们在那里集会然后谋划大业。这座被废弃的大楼底下总是遍布守卫。他们还占领了另一个公寓，将其作为外科医生的临时手术室，有时候女人们也在那里给斗士们准备食物。

据父亲说，第二个公寓见证了很多生命的诞生，当时我们那个街区的大部分新生儿应该都是在这里呱呱落地的。就像他说的那样，在战争时期，人们的社会角色时常发生变化，一个原本很普通的妇女，可能会被迫成为护士或者接生婆，而一个平凡的男人，也随时会成为凶手。毁灭是日常生活的一部分。如果走运的话，你也可以喘口气，感受到前所未有的幸福。他对我说道："我们有时候盼着冬天和暴风快点来，这样我们便可以在一轮又一轮的战事间隙得以休息。难民营里的人们关系和睦，只有困境才会让人们团结互助。"

据父亲说，战争结束之后的黎巴嫩人很后悔。巴勒斯坦人所承受的精神压力比他们要小得多。"当你在别人的土地上战斗时，你无法相信那是为自己而战。毫无疑问，在经历了一场场惨剧和屠杀之后，每个人都是带着伤痕走出战场的。战争虽然结束了，但是占领的伤痛却一直存在，比任何战争本身更加令人痛苦。如果假设我们在自己的土地上，我们绝不会像那些自相残杀的黎巴嫩人一样愚蠢。但是，儿子，每当我看到巴勒斯坦人之间的分裂，我真的不敢对我们自己妄下定论。"

父亲支持一个理论，那就是我们若想变得强大，只能依靠团结和统一。但是生活让我们远离真相，罗盘指针也搞错了方向。"或许这就是人之本性，我们最终还是向恶的，我们没有办法一直做斗士或者反抗者。人是有灵魂的，灵魂会疲惫。人依存肉体，肉体有一定的能力承受痛苦、战斗和忍耐。以色列人用大炮火箭来对付我们，而且他们的政治手段更加可怕。他们践踏我们的尊严，消磨我们的斗志。这些杂种想要毁灭我们。"

海伊莱达也给我讲过一个疯子的故事。"我曾经很喜欢他，我以为他对我也一样的友好。他是疯子，却温柔细腻，有时会漫步在田野里采花。他总是攥着一个烟盒，香烟几乎不离手。他用一种很奇怪的方式抽烟，一边吞云吐雾，一边摇头晃脑。他只会说很少几个单词，有时候会自言自语地骂人，好像在跟别人吵架。"

"每一次他都会用一句'够了'来结束骂战，然后捂着自己的耳朵，仿佛已经无法忍受听到任何声音。村子里的人说，他母亲在他很小的时候就跟一个修士私奔了，于是他父亲便对这个儿子非常残暴，以此来报复那个女人。"

他少年时慢慢地从一个自闭孤僻的男孩变成一个疯子。而他的父亲也早已失去理智，没多久就死了。临死之前，他非常后悔对儿子的所作所为，他的母亲当然再也没有回来过。他当时总会去修道院附近，朝修道院扔石头。虽然他的行为无礼乖张，但是修士们都同情他。而村民们也觉得他很可怜，给他一些吃的，甚至村里一个德高望重的长者还在比较远的一个果园里给他找了一间房子，让他可以有个睡觉的地方。露易丝当时也会经常去看望"疯乔治"，帮他打扫住所。她总会说那个房子里住着精灵和小鬼。她会清扫地上的食物残渣，把床上的被褥床单晒在阳光下，掸去尘土，打开窗户让阳光照进室内，就像她总是说的那样："家里如果没有阳光，就不会有天使光顾。"

海伊莱达说，有一次"疯乔治"病了，露易丝去看望他，把他抱在怀里安慰他，就好像他只是一个孩子。露易丝会小声说："快张开嘴，如果不听话，飞机就来了。"听到露易丝的话，他就发自内心地大笑起来。

如果不是全村的人都知道他的亲生母亲是谁，如果没有那个替他接生的产婆，大概人们会以为他是露易丝的亲生儿子。

而让"疯乔治"生气甚至想要攻击露易丝的只有一件事。就是她要求他说："以天父之名，祈祷和平。"当她眼中含着泪水，坚持要求他跟她一起祷告的时候，他就变得非常冷淡，对她不理不睬。有时候，他会朝着她张开双臂，最大限度地张开，然后发出"啊啊啊啊"的吼声。她越坚持，他就吼声越大。

"他绝对不会说的，不要再尝试了。"海伊莱达曾经劝说露易丝。

"天啊，你的心怎么这么冷酷，你的心怎么如此狭隘。"露易丝哀伤地流着泪，而疯乔治则继续"啊啊啊"的大叫着。

露易丝是那么单纯，她不相信这个年轻人是真的仇恨修士们，虽然他妈妈跟着一个修士走了。她坚信，一个人，不管是谁，都不应该动摇对上帝布道者们的信仰。她认为他母亲之所以逃走，是因为受不了他父亲的暴躁，而不是故意背叛。她单纯到认为只要他愿意向上帝祷告，就可以减轻他的痛苦。那个修士会跟她一起走，是为了救助她。

海伊莱达问我："你觉得他为什么跟她一起私奔？"

"因为他爱她。"

"村民们都说，她去教堂忏悔，那个修士听了她的自白。"

"毫无疑问，他非常的爱她。"

"可是她怎么可以抛下自己的孩子？"

"她也是非常地爱他。"

"但是我们应该这样爱吗？什么样的爱情可以允许一个母亲，亲手毁掉自己儿子的人生？"

"也许这就是他的命。"

"也许她没有走，他的命运就会不一样。"

"她留下的话，他们母子俩可能都会遭到那个父亲的虐待。"

"你觉得这件事的错，就只在于那个父亲吗？"

"他原本可以在她犯错后好好地对待孩子。"

"可是，难道不是你自己说的，我们有时候会无法控制自己？"

"我确实说过。"

"但是你觉得他不可原谅？"

"虐待孩子是不可饶恕的。"

"你爱我吗？"

"超乎你的想象。"

"但是你却可以接受我们爱情的结束？"

"为什么要提这个话题？"

"你好好想想，如果所有的事情都要以结果来衡量。那么不管事情是美好的，还是残忍的，它最终都是要结束的。"

"我爱你。"

"如果你是那个修士，你会跟我私奔吗？"

"我不知道。"

"你不是觉得他很勇敢吗？"

"是的。"

"而她是自私的？"

"我不知道。你是怎么认为的？"

"她或许是一个性格冷酷残忍的人。我也不知道应该怎么去想。我只知道我同情疯乔治，对她也一样。是的，他们都是可怜人。"

"也许他因疯狂而快乐。"

"没有人会选择疯子。"

"不是这样的，亲爱的，很多人会这么做的。"

"那是社会迫使他们这样做的，而不是个人的选择。智力水平是受很多因素影响的。"

"我们为什么开始讨论疯子的话题？"

"因为我已经为你疯狂了。"

她大声笑着，靠近我，让我抱她，于是我抱紧她。她很快就睡着了，而我却陷入那个疯子的故事。每当我想起我不可能像那个私奔的修士一样有勇气，我就会失眠。终将有一天，我会看着她离开我，而束手无策。我觉得浑身颤抖，大汗淋漓，并再次靠近她、亲吻她，就像是在土壤里种下小树苗那样，期待着它能茁壮成长。

　　越靠近她，我的嘴唇就会越抖，只有真正亲吻到她时才会平复情绪。也只有在她睡着以后，我才能完成我的吻，才能不被打扰地游走在她的肌肤之上。随后我便避开她的注视，安静地进入她的身体。

6

2000 年　纽约

　　玛丽莲蜷缩在房间的角落里哭泣，香烟在她手里忽明忽暗。她把头发捋到脑后，继续放声痛哭。我坐在她面前安静地看着她，她问我觉得她漂亮吗？我说是的。

　　"你非常漂亮。"

　　"那你觉得他为什么不要我了？"

　　"亲爱的，他没有不要你。"

　　"他选择去打仗，他为什么不拒绝？"

　　"因为那是他的职责。也许你永远不能像他一样看待事物，但是他认为自己做了正确的事情。"

　　"如果爱我，那为什么还要离开？"

　　"你为什么固执地要把这两件事简单粗暴地画上等号？"

　　"你爱海伊莱达吗？"

　　"这是什么问题？

　　"回答我，你爱她吗？"

　　"是的，我爱她，超乎你想象地爱着她。"

　　"那你为什么让她走？"

"她早晚是要离开的，所以我放手让她走。这是她的选择。"

"那你现在为什么不给她回信？"

"因为我并不想看这些信，我只想见到她的人。"

"那你为什么不把这些想法告诉她？"

"我不想这样。"

"你不爱她。"

"你不能断定我的感受。"

"他不爱我，所以不满足于留在这里。"

"你为什么要通过破坏他在你心中的形象来惩罚他？我们很清楚，他爱你，也很爱孩子。难道他的朋友没有告诉你他是多么痛苦？难道不是你告诉我，他战斗的地方什么也没有，甚至没有厕所，他只能在野外大小便？难道不是你告诉我，他给你写信告诉你他为什么必须去战斗？如果他不爱你的话，他为什么要做这一切？"

"我不知道。我只知道我陷在这种痛苦里无法自拔，也无法向孩子们解释他们父亲的命运。很多事情我都无法理解，不管我是女人还是男人，也许我已经失去了女人的特质。你知道我有多少次从床上落荒而逃吗？从我的内心深处，我看不到别的男人。我爱他，我为他生了好几个孩子，我们曾经一起期待着我腹中的生命，一起等待着婴儿从蹒跚学步到欢快地奔跑。每当我告诉他，我觉得肚子里有海浪在起起伏伏的时候，他就会开心地笑。"

她沉默了，然后又点燃一支烟，重新往脑后捋了捋头发。她已经不再号啕大哭了。她问我，是否觉得他还活着。

我不知道应该如何回答她。有些时候，我觉得这个男人不可能还活着，因为一点关于他的消息都没有，哪怕是蛛丝马迹。但是我又觉得自己没有资格跟她这样说。你不可以跟一个深陷于苦恼和悲哀中的人说实话，那等于扇对方的耳光。这一巴掌会让他从幻想中醒来。相反，你会同情他的幻想，甚至比他更加相信这些无谓的希望。我没有办法打这一耳光，至少以她现在的状况，我不能这么做。

我继续保持沉默，她向我投来求救的目光，好像是要我证实她的幻想。我想，她就像我父亲一样，不愿意接受母亲已死的事实，仿佛接受事实就意味着巴勒斯坦死了。我有时候会想，如果某一天有人告诉我，回巴勒斯坦的希望已经没有了，我会怎样？

也许我会讨厌他，尽管潜意识里我认同他的观点：我们的土地的确很难再找回来了。他们总是对你说，勇敢的人应该有能力接受现实，但我很清楚这种说法其实是谎言。那些在接到死讯或者坏消息时仍泰然自若的人，内心深处应该是绝望的，他们只是懂得如何掩盖悲伤。

在她的沉默和注视之下，我觉得自己像在应对一场考试。我应该握着她的手告诉她，他已经死了，把她从幻想中摇醒吗？要求她和我一起把他埋葬在这里，让一切都结束吗？要求她走出来，开始新的生活吗？还是我应该说点她希望听到的话呢？

我回答"不知道"，打破了沉默。她的哭泣又一次爆发。而我只希望她能远远地走开。他是否还活着，为什么要来问我？我又不是安拉，我怎么知道。我只是和她一样，希望这场悲剧早点结束。

玛丽莲平静下来之后，从地板上站起来，走进了卫生间。我跟着她，看她用水和肥皂洗脸。她眯着眼睛，用手指搓揉眼皮。我提议让她留在客房过夜，但是她说自己需要回到孩子们身边。她拥抱了我，亲吻了我的脸颊，并说我是一个很棒的朋友，她会好起来的。

　　屋外传来她发动汽车引擎的声音，她走后我觉得轻松了许多。不是因为我不同情她，而是因为我需要静一静，也许我需要独处一会儿。我还记得，每当我自己坐在家里等海伊莱达排练完回家，听到她的汽车引擎声时，是多么有安全感。此刻的我等待着那熟悉的声音，才明白为什么有些女人如同死神，只因为她们就是生活本身。如果你陪伴着她们，她们便不离不弃。也许正因如此，海伊莱达的离开才让我这么痛苦，她让我又变回那个失败的男人。

　　我不知道她为什么坚持回去，不明白她为什么要打开那个我好不容逃离的世界，甚至还要把它摆在我面前。这是她惩罚我的方式吗？是我把复仇的欲望传染给她了吗？

　　每当想起可能再也见不到她时，我就非常恐慌。她的离开让我无比的焦虑，而我到底是担心失去她，还是害怕面对现实呢？因此我现在才用尽一切办法疏远她吗？所以我才不接她的电话，不跟她说话吗？她在做什么呢？是想通过我来清算她的过去吗？那个温顺的女孩哪儿去了？那个曾经做爱时不敢照镜子的女孩哪儿去了？那个我抬起她的脸、要求她观察自己发光的裸体的女孩哪儿去了？

　　"身体在发光"，有一次她抚摸着自己的乳房对我说："每当你靠近它们，它们就闪闪发光。"她微笑着说完，害羞地把脸埋起来。然后她握着我的手，让我把手放在她的乳房上："放在这里抚摸它，把手放在我脸上，把手指覆盖在我的眼睛上。我们怎么能通过自己的手握住这个世界呢？我觉得，每当我跟你在一起的时候，我的身体就变得像你的手掌那么大，我觉得自己在全世界最安全的地方，那种安全感就像我跳舞时的感觉一样。固定的身体在这里变成飞行器，不过是飞向与天空相反的方向。"

随后她会吻我并道晚安，让我把她拥入怀中直到进入梦乡。我按照她说的去做，并久久地注视着她闭上的眼睛，想象着我们一起跳舞的场景。我看到自己颀长灵活地和她一起跳跃、飞舞。然后我也睡着了，仿佛自己在世界的顶端，心满意足，安心踏实。

7

跟迈克分手之后，伊凡接演了一个美国肥皂电视剧里的角色。电视剧正式播放之前，电视屏幕上会有宣传片，伊凡的身影循环地出现着。人们开始谈论很多关于她跟那部剧的制作人——一个非常有钱的女人有性关系的传闻。很快，事情就被认为是真的，因为这个过气的女明星突然把住所搬到了纽约地价最昂贵的第五大道。

这位墨西哥女人进入了一个更好的世界，一个穆哈辛担负不起的世界，尽管他也很有钱。她开始进入明星的世界，仿佛以此来补偿自己之前被剥夺的权利。"我必须为过去的生活好好补偿自己，这是我应得的。我再也不会那么轻易满足。"她开始把这句话挂在嘴边。

她大笑，沉迷于酒精，疯狂地花钱买衣服，不管她需不需要。包括香奈儿、古驰、普拉达等各种世界名牌的奢侈品，买最新款的豪车，去最贵的餐厅享受美食。她对海伊莱达说："快看我新买的手表，你猜多少钱？你注意我新买的鞋了吗？我醉了，醉了，我只要把这条水晶手链一戴上手腕，就觉得醉了。"

但是伊凡没有花自己的钱买过一件东西，她从不动用自己的工作收入。她想把这一切的奢侈享乐都建立在别人身上，把自己的钱都存入私人账户。她只要谈起男人，必然会先提起他们银行账户里有多少钱。她在海伊莱达面前丝毫不掩饰自己对物质的追求，几乎把一切都告诉了海伊莱达，两个人在很短的时间里就成为很亲密的朋友。两个价值观差异非常大的人（至少从表象上看没有任何共同点）会走得这么近，真让人觉得匪夷所思。

我至今也不明白是什么让她们俩聚在一起，为什么海伊莱达会如此喜欢伊凡，甚至会反对任何人批评她。她说，在这个险恶的世界里，伊凡是一个聪明的女人。每当提起伊凡的时候，她都会表现出柔情和怜惜。"你不知道这个女人都经历了什么，她现在做的一切都是为了复仇。"

迈克用力地挂断电话，仿佛她就在电话里，他把头发捋到脑后，用手掌拍打了三下脑门，好像突然找到了答案。

"哥们，随她去吧，你找她做什么呢？"

"马吉德，我做不到。我每天都对自己说忘掉跟她有关的一切吧，但是愤怒却在吞噬我。"

"你现在每天都跟不同的女人上床……是为了报复她的离开吗？"

"她杀了我女儿，我儿子，我怎么能让她这么舒服？"

"这件事你确定吗？"

"我也不知道，就是这件事让我发疯，我真的不知道。"

只要看到伊凡出现在屏幕上，穆哈辛就会关掉电视。然后疯狂地给她打电话，而电话一接通，他便开始大骂。

"喂……伊凡……你听我说……你这个妓女……你现在住

在第五大道了……谁给你花的钱？你现在是不是开始跟女人睡觉了？别挂断啊，你这个妓女！"

我不知道他这样做法是因为太爱她了，还是因为不甘心。有好几次，她没有接他的电话，他便去她家楼下等着，甚至有一次在她家门口守了整整一夜，站在她窗前大喊。如果她不跟他说话，他就不走。

我不知道那天晚上她为什么有没有报警，也许是出于对他的怜悯。她下楼了，只穿了一件睡袍，墨西哥女郎那诱人的身体依稀可见。他把头靠在方向盘上，她就站在车窗对面，然后点了一根烟。她问他想干什么，他却说道："我想知道，你当时是不是真的怀孕了？是不是真的堕胎了？"

她不作答。

"你为什么要这么做？"

"你为什么出轨，背叛我？"

"那不是背叛，我只是想逃离孤独。"

"我拜托你不要说这种荒唐无稽的借口了。"

"我们可以解决这些问题的，可以和解的，但是我想知道真相。"

"你永远不会知道的，我也不想和解。"

"为什么？你现在开始跟女人做爱，喜欢女人了吗？"

"因为我知道，就算我再次回到你身边，你也还会继续把各种女人带上你的床。你最多能消停几个月，然后继续开始出轨。出轨已经让你上瘾了。"

"不，我不再那样了。"

"你听听自己说的话，你自己信吗？你怎么能让我相信？"

"我爱你，伊凡。我真的爱你。你不在我身边的每个夜晚都让我觉得窒息。每一次我跟别的女人做完，都觉得更加想念你。好像我只是通过别的女人来验证你的不可替代。"

"你听到自己在说什么了吗？你听到了吗？"

"我爱你，伊凡，我想要你重新回到我身边。他们现在都想毁掉我，我需要你，伊凡。"

"谁要毁掉你？"

"美国人，还有政府，所有的一切都跟我对着干。我求你了，伊凡。之前是战争，现在是这些。你不要抛下我一个人！"

"你疯了吗？你觉得我还相信你的这些谎话吗？"

"他们侮辱了我爸爸，抢了我们家的店铺，我在战争里看到了太多的血腥场面。"

"你不记得你跟我重复过多少次这些故事了吗？伙计，不要继续这些失败的循环了。如果你真的感觉到心痛，你就去治病，去看医生。不要把这些你的负担强加到我身上。"

"我要打败他们所有人。你只属于我一个人。我亲爱的伊凡。"

"听着。我下楼不是听你胡言乱语的。你早已摧毁了你在我心里的形象。我跟你在一起，只能毁了我。每一天，你都使我质疑自己，为什么你会需要别的女人？你让我在照镜子的时候觉得自己越来越丑陋不堪。我曾经特别满意自己的手和手指的形状，而你甚至让我怀疑它们不属于一个女人。我不能，我不想再经历这些了。我希望你永远地离开我，忘记你曾经认识我，忘记那些疯狂的故事。忘记所有的一切。你走吧，请放过我。"

她没等他回答便转身离开，并把他一个人留在了原地。他跟数十个性伴侣断绝关系后，开始反省，每天问自己上百个问题。他说她是"生活的惩罚"，她确实是。她是一个清醒的女人，把他这个沉迷于自己幻想中的男人叫醒。这个女人拒绝在男人的怜悯中失去自我，因为她想要的是伴侣，而不是施虐者。让他感到惊讶的不是她的离开，而是她认真地、完完全全地与他断绝了关系。

她坚定地走了几步，在家门口停了下来，他还在不知所措。此时此刻，他该去哪里？仿佛他被人关在了家门外，变成无家可归的人。当然事实并非如此。他像那些在开车时突然脱靶、失去了生活方向的人。他此刻的心情，既像一个被强盗扒光衣服的男人，想拼命遮挡自己的裸体，又像是一个女人得知了丈夫要再娶新妻这个晴天霹雳一样。

他原本可以继续待在伊凡窗下直到那天早上，不是为了等她，而是因为他不知道自己还能做什么。仿佛一个沉重的身体突然之间失去了全部的重量，但还没有落到地上。他回到家之后给我打电话，让我去找他。我很诚恳地面对他，但是并不同情他的处境："你爱着一个外国人，但是你的思维方式还是阿拉伯人'一夫多妻'式的，并希望她胸怀宽大能够接受这一点。这算什么呢？我们已经不在那个时空了。"

我的话不中听，而我的朋友也不愿意面对真相。表面上看起来他是迈克，但骨子里他是穆哈辛。我从来不会叫他阿拉伯语名字以外的称呼，尽管他不喜欢。有些时候他为此跟我生气，但是没办法，这是我对于继续与他保持朋友关系的第一前提，我不会像其他人那样对他阿谀奉承或是刻意讨好。他有时

117

候会生气，不与我联系，但是过一段时间后又会主动来找我。因为他知道，虽然他身边总是围绕着很多人，但是有些时候他也需要真正的友谊。

他用手托着脸听着，一副对我的话已经听够了的样子。他的挑衅对我完全没用，我继续对他的说教。于是他打断我问道："你觉得她当时的确怀孕了吗？她真的背叛我了吗？她真的去堕胎了吗？她怎么确定孩子是我的呢？"

"我不知道，"我说，"但是这些并不重要，你应该忘了这些，放过那个女人吧，让她走自己的路。"

他给自己倒了一杯威士忌，摇摇头，说道："你是对的，我会忘了她，这个荡妇！"

他迅速转换话题，坚持带我参观他的房子，向我解释墙上所挂的每一幅画和他花了多少钱才买到的挂在墙上的马头标本。他一只手端着酒杯，另一只手掐着香烟，每一个动作都非常夸张，仿佛要向我证明，至少在此刻短短的几分钟里，他真的忘记了伊凡，以及跟她有关的一切。

我努力让自己和穆哈辛一起痛恨伊凡，劝说自己不要为她辩解，特别是当我看到穆哈辛心碎或者愤怒的时候，但是我依然不自觉地同情这个女人。每当我在电视荧幕上看到她的身影，我就会思考她到底经历了多少磨难，想象在幼年时强奸她的继父，这段悲剧的童年阴影伴随着她的成长。这些故事她也曾经说给海伊莱达。我知道穆哈辛对她一点都不吝啬，有求必应，满足她疯狂的购买欲，最豪华的轿车，任何她需要或者不需要的华服。

我也知道他多么的爱她和惯着她，他如何一点点地把她变成了现在这种欲壑难填的样子，是他让她习惯了奢靡和浮夸的生活。她非常享受自己的新角色，就像是第一次参演电影那样。一个女人从牺牲品变身为发号施令的女王。她曾经是他夜空中的明星，他想补偿她所有的悲伤，但是他最终还是输给了自己的恶习。

　　爱情并没有帮助他战胜带众多女人上床的欲望。开始的时候，伊凡没料到她的这个恋人、这个对自己有求必应的男人，有一天会背叛自己。那时她只感受到了甜蜜的爱、满足和安全感，但是她慢慢开始发现他的另外一面。她告诉海伊莱达，每当她单独和穆哈辛在一起的时候，两个人做爱的时候，她就觉得自己是他最重要的女人。"我解开他衬衣的扣子，我亲吻他全身每一寸皮肤，这样我就觉得他完全属于我，我恨不得吃掉他，把他变成我的一部分。只要和他的身体靠近，不管是在上面还是下面，或者任何一种姿势，我都觉得自己仿佛站在云端。当我知道他也跟其他女人做爱的时候，他会被别的女人抢走的念头就让我崩溃，从天上跌到地狱。我开始疑神疑鬼，随时随地掌握他的行踪。一旦他不接我的电话，我就觉得自己仿佛是一条被主人锁在笼子里的绝望而无助的狗。我无法继续这样，我不知道自己能不能继续这样一会儿被宠上天，一会儿又绝望到谷底。我应该解脱，难道不是这样吗？"

　　海伊莱达完全能够理解伊凡所感受到的落差，她说："你站在 99 层办公室的至高点，突然有人把你推了下去，你如何能够保持平衡呢？这个穆哈西从来没有让我产生过好感，我不喜欢他。"

　　在她看来，穆哈辛凭着自诩是"饱受战争之苦的一代人"，就为所欲为、荒淫无度。"我可能年龄上比他小一点，但是我们都是那些荒诞的战争的受害者。我们不能以此为借口，虚构特权，肆意妄为，如果那样的话，我们就是在重蹈父辈们的错误。他这样一个无用的人，我不明白你到底喜欢他哪一点。"

"你知道他为什么喜欢美国吗？因为这里是一个充满了借口的国度。我是战争的遗腹子，我所有的朋友都死了，我失去了家人，我承受着巨大的精神压力，所以，我有权背叛。哦，白痴！"

每次她以这种讽刺的口吻谈起穆哈辛时，我就会哈哈大笑。因为我知道她实际上并不讨厌他，只是不那么喜欢。只不过在海伊莱达内心深处，她把爱情看作最高尚昂贵的信仰，绝不可以被玷污，纯粹的爱情是不可被任何东西破坏的。

她拿跳舞来举例，她说当一个人完全让自己的身体与音乐融为一体的时候，那便不再是简单的动作。"跳舞的时候，我可以表达美、绝对的自由、愤怒、仇恨和记忆。当我站在舞台上，全世界就只剩下我和旋律。在那一刻，过去如潮水般远远退去，而关于未来的思绪也未到来。那一刻，我对外界的一切都没有了感知。"

有一次我对她说，她就像一个在黑暗之外跳舞的女孩，任何人都看不清她的眼睛，只能追随她的身体。我告诉她，在陪她排练的时候，我总是看到她很多时候都闭着双眼，仿佛想切断自己和生活的联系。

"我一边看着她，一边在心里感叹这个女人是如此美丽。她究竟属于哪个世界？在她的想象里是否存在一个可以与她共舞的人？有时候当她从地面上跃起时，我恨不得立刻扔掉手中的拐杖，跟她一起跳舞；而当她闭着眼睛跳舞的时候，我也闭上眼睛，却依旧能在黑暗中看见她。"

晚上，她在我的怀里入睡，我则坐在客厅里玩弄她的头发，亲吻她的眼脸，然后把她轻放在床上，自己也随之躺下。

然而此刻，我看着小宝贝海伊莱达曾经躺在上面酣睡入眠的沙发，便感受到正是她的爱净化了我心中的仇恨。她改变了我的样子，让我觉得那些与我战斗了多年的敌人们，将不再是敌人。

每当我想到，她的某一个亲戚可能参与到对巴勒斯坦人的屠杀中，而我正跟敌人的女儿在一起时，身体就仿佛触电一般。为什么爱上我？她本不应这样做。她动摇甚至颠覆了我心中根深蒂固的仇恨，让我不得不对它产生怀疑。我不再是那个令人讨厌的巴勒斯坦男人，不再是巴勒斯坦人，甚至不再是个男人，而且没有残疾和缺失。她爱的只是马吉德，我作为马吉德这个单独的个体与所有这些身份都没有关系。

这像是挑战，或经历重生。有一个女人站在光明之处呼唤我的名字，让我来看世界的第一缕阳光，而我却寸步难行。对她来说，可以轻易地跨越、向前看，相比我们而言，她需要付出的代价更少。对于我们这些流离失所的人来说，要付出的代价是无穷无尽的。也许最好的解决办法就是我们站到阳光下，向生活讨要本应属于我们的欢乐，但是我们这些每天都被生活杀死一遍的人，是无法要求停止走向死亡的。

她满怀悲悯，即使全世界都同情我们，也没有人能够理解有些时候我并不是"马吉德"。也许她的身份是敌人，会让我觉得更容易和舒服一点。这样我就不会破坏原则，但是她的爱，既让我解脱又让我毁灭。也许毁灭是必要的，只有如此才能重新建立新世界。然而，我真的想要获得"重生"吗？

我什么都试过了，也曾一遍遍地深思熟虑。我已经失去了我的母亲。很多事情对我来说都已经结束了。我并不想遗忘这些。为什么她必须要跳舞，要飞离地面？她为什么不能待在这里，跟我在一起？

有些时候，我对她的爱会变成恨，会幻想着抓住她的头发把她拉回我的身边，看着她惊慌、害怕而不知所措。在这种情形下，她看起来就像是一只被我握在掌心的小老鼠。我把她的脸夹在我的大腿之间，听她随之发出的呻吟。我为了自己而弄疼了她，那一刻她看起来是那么弱小。但这是她属于我的唯一证据，包括她那翩翩起舞的身体和灵魂，她的全部都是我的。

"你再也找不到一个女人，像我一样地爱你，"她说这句话的时候正在亲吻我脸上的疤痕，"我爱你，心甘情愿地爱着你，你明白这其中的含义吗？它意味着我对你的爱，是顺其自然的选择，而不是因为我对你有任何索求，它只是爱，仅此而已。"

当她说这些话的时候，我承认自己并没有理解她想传达的东西，但是我却喜欢听她这样说。她还说，这样的爱是危险的，因为它想得到一切。她说她想变成我，和我成为同一个人。我总是拒绝参与她生活中的小细节，这让她觉得抓狂。"这很危险，但是疯狂的爱难道不让人着迷吗？这真的很危险，有时候还会带来毁灭。"

我还是不懂，她为什么如此坚持要回到"那里"，即便她解释家庭和过去是她生命中的一部分，所以不可能视而不见。她说，她需要了解一切，她曾经在那个地方生活了二十年，但是那里仍旧充满了秘密。

"我对我的祖国、家乡和家人的了解跟别人一样,所以想要从另一个角度去发现她。"

"为什么?"

"比如当你谈论巴勒斯坦的时候,她就像是你的一个梦,但是你并不了解她。"

"我知道的那些已经够了。"

"你知道你想了解什么,并不是全部。你知道外族侵占,你知道你的同胞被迫迁徙到其他遥远的国度,你尝试成为他们中的一分子。但是如果你在那里,你的想法就会完全不同。"

"你说得如此轻松,因为你不是我们的一分子。"

"你听到自己说了什么吗?"

"我说什么了?"

"你听听你都说了些什么?我也许不是你们中的一员,但我是你的一部分,至少应该如此。你却总是坚持把我放在敌对的立场,你还总是问我为什么觉得伤心难过。你想让我站在悲剧的中心,但又希望我是你的敌人,这样你就可以鞭笞我。"

"不,绝不是这样。"

"相信我,比这还严重。"

"如果我让你有这样的感觉,我向你道歉。我爱你,我向安拉起誓,我真的爱你。"

有些时候,我真的不是故意羞辱或冒犯她,但是对我来说表达感情是一件非常难的事情。就像我经常不知道该如何与女性对话,哪些话题可以说,哪些措辞不合适。我所说过的一些话已经埋在了她的内心深处,但自己却不知晓。她总说她爱我胜过我爱她，因为她参与了我的一切。

很多时候，她仿佛离我很遥远，我们之间好像有无法打破的屏障。我不知道那屏障是什么，她好像把很多秘密都藏在腹中，她好像是一个活在不同的时空里的千面女郎，或者说在她身上有很多个女人，从无辜纯洁到成熟老练，从笑颜如画到失声哭泣，从无神论者到在面前画十字的基督徒，变幻无常。她是在跟我玩游戏吗？

我到现在也不明白她性格中的矛盾表现，每当我问她的时候，她就回答说："这样你才不会感到无聊而厌倦我啊，你可以在一个女人的身上与很多女人恋爱。"说完便大笑起来。我看着她，试图解释这动人笑声中的含义，她是一个谜一样的女人？抑或只是一个喜欢跟我开玩笑的小女孩？

当她站在排练室的角落里，低垂双眼等待着音乐响起的时候，又变成了另一个人。她高高地举起一只手臂，随后举起另一只，两只手不断地交织在一起，臀部起起伏伏。我看着她协调的舞姿，看着她的头发一会儿缠绕在纤长的颈部，一会儿又飞向空中。

她看起来好像随时会爆炸。究竟是因为欢喜还是绝望？我不知道。原因并不重要。她独舞的时候是那么的完整而饱满，她的身体和灵魂没有多余的缝隙来留给其他任何人和事。舞蹈结束后，我为她鼓掌，她跑过来拥抱我，然后问我她表现得如何。

"非常棒，精彩极了！"

"演出的时候你会来剧场看吗？"

"我一定想办法出席。"

"你已经看过我排练了，而且你也喜欢，所以你应该来看我现场表演。"

"是的，当然了。"

"我要你答应我。"

"好，我会去。"

我对她说："我会去。"因为当时我别无选择。然而我心里却在思考，我为什么应该去。对于她来说，这代表着我跟她一起走到了终点，无路可退。她说："我需要看到你出现在那里，这对我来说有很多意义。"但是我却从心底里不愿做一个无助的旁观者。也许是我不愿意走到终点，不愿意被过去血腥的回忆拉扯着我后退，我该如何说服自己立刻忘记过去的一切呢，这就是让我束手束脚的原因：放下过去，与她一起活在未来。

她回到"那里"之后，给我写了一封信。她在信中写道，"你既混蛋又卑鄙"，因为我背弃了承诺。她说自己非常难过："你为什么不尝试去做手术？"我读完她的信，感觉受到了当头棒喝，仿佛被痛打了一顿。她说我脸上的疤痕从未让她觉得困扰，然而她却总是亲吻我腿上的伤疤，饥渴地抚摸我的小腿，她从未要求我接受治疗，她不希望我觉得她嫌弃我。

"但是你知道吗？我已经不再在乎你怎样想了。你为什么不做点尝试呢？你认为我嫌弃你也好，不敬畏当年的大屠杀也罢，这些我都不在乎。这些跟我都没有关系，我不需要为此负责。我也不再在乎，你是否会因我没有长久地为你的祖国感到悲痛，而质疑我的同情心。我没有必要表示同情，因为你从来也没有同情过我。"

读完她的信，我粗暴地关上了电脑。我真的带给她如此大的伤害吗？整夜我都在想，为什么我从来没有考虑过医治我的小腿。我有足够的钱，但是我觉得这种痛是我身体的一部分。当我拖着一条残疾的腿，忍受着腿伤，每天连续工作数小时，为了公司打拼的时候，海伊莱达还不知道在哪呢。是伤痛成就了我，我怎么能否认它的存在呢？难道我不应该时时刻刻地炫耀我的伤痛，让客户们赞美我的伟大吗？

她还说，我的父母如果活着，他们一定不希望我拒绝治疗。"如果你父亲是一个如你所说的人，他一定希望看到你健康地生活，但是你却不能满足他的心愿。你想让它们成为你身体的标记，伤痛的标记。"

她说当我们想到死者的时候，我们总是先想到自己失去了什么，总会因此而失落空虚。却很少有人想到，那些死去的人已经失去了生命、梦想和尊严，他们看不到我们快乐幸福的样子。也许我想到母亲的时候，确实是先想到自己失去了什么。我并不知道这是自私的，我为什么不先想她失去了什么？她失去了生命，失去了有丈夫和儿子陪伴的天伦之乐，她也看不到自己的孩子一天天长大。

"你总是埋怨她，仿佛她是故意离开人世抛弃了你。你知道吗？并不是他们选择了离开，这是他们逃不掉的宿命。"

海伊莱达坚持让我面对自己不愿面对的一切，这让我把她远远地推开。我原本与悲伤和平共处，但是她的到来打破了这种平衡。她来到我面前，叫我不再缅怀过去，她说她爱我，让我和她一起解脱，一起去某个地方。但是你要知道，对我们这些还没能与仇人算账的人来说，事情并没有结束。

第三章

1

2000 年　黎巴嫩山区

在那个小房间里，海伊莱达坐在乔治旁边，露易丝则在一旁边忙着打扫卫生。他们很平和地聊着天，好像是两个一起玩耍的孩子。过了一会儿，两个人跑到屋外去找乐子，把露易丝单独留在了屋里。她从来不害怕他，也不把他当疯子看待。两个人坐在一棵橄榄树下，海伊莱达开始给他讲关于美国的事情，好像他完全能够听懂她所说的。

他摇头晃脑，东张西望，好像在听，又好像不在听。

"我说话的时候你听懂了吗，乔治？你为什么不回答？如果我让你为我祷告，你会照做吗？"

乔治没有回答，继续东张西望："啊，啊，啊。"

"我的朋友，为什么？让我们一起诵读，为了我们自己，不是为了他们。在纽约的时候，每当我觉得孤单时，我总会偷偷地祷告。我时不时地吟唱：圣母玛利亚，在您的保护下，我会得到救赎。"

乔治露出了微笑。

"你喜欢吗？我们一起唱好吗？"

"啊，啊！"

"真固执。"

露易丝喊两个人进屋的声音打断了他们的对话。她已经做好了饭菜，所有人也已经围桌坐好。乔治拿着勺子，一边敲打桌子一边笑。露易丝在他身边，握住他的手，帮他盛了一勺汤，然后送到他嘴边。当嘴唇碰到汤勺时，他立刻伸出舌头，一副细细品尝美味的样子。接着他就开始自己吃起来。他总是从上面拿着勺子，整个手掌都紧紧地握在勺柄上，他会先摇晃一下碗里的汤，然后再吃。

他内心曾经承受的痛楚，已经不重要了，因为他已经疯了。就像圣母玛利亚选择了天真之美后，远离了人世的喧嚣。他也很适应这种生命最原始的状态，毫不做作的生活，不需要遵循宗教教义，不用要求自己每日做祷告和忏悔。他变成了一个远离人类欲望的年轻人，无意识地活着，不受任何思想和意识的束缚。

饭后，海伊莱达跟他一起坐在花园里。草地上一大片刚刚绽放的嫩黄色金雀花把她的脸映衬得闪闪发光，花与人仿佛融为一体。此刻她想起了马吉德，于是跟这位听不懂自己说什么的朋友聊了起来。

她对乔治说，他选择了虚无，从过去、现在和未来的压力中解脱出来。然而这种美妙的召唤，却让她无法抵达，因为她想经历每一件事，深切体验所有的可能性，并在阅历中总结经验教训。但是此刻她坐在花园里，却想起她的爱人带给她的毫无来由的痛苦和折磨，也许花瓣不会闭合，它们只会凋谢、枯萎，再化为尘土。时光不会倒流。她不再是多年前离开时的那个女孩，而等她回到纽约的时候，她也不再是马吉德所熟悉的那个女人。她在给他的信中写道："我不能理解你为什么选择惩罚我对你的爱，也不明白你为什么不接我的电话。这么多天了，我觉得非常难过。我想了很久，为什么我要忍受你这样对待我？直到今天我也找不到答案。也许有些事情注定了没有办法解释。也许你与你口中那些所谓的战争贩子并无不同之处，你跟他们一样手持皮鞭，狠狠地鞭笞着我们的爱情。我要诅咒你，诅咒他们，诅咒这一切。"

海伊莱达一次又一次的来信让马吉德越来越害怕她。他看着电脑屏幕上的文字，字里行间都表达着愤怒，他却只能看着，什么也做不了。这太强势了，强势到他没有办法解释自己。幸福曾经唾手可得，然而他却把她的爱拒之门外。曾经就在这个地方，她的陪伴让他觉得甘之如饴，那时的她就像一只小家猫般温顺。

她爽朗的大笑声，随时随地地爆发在家里的任何角落，直到现在还回响在他耳畔。他从未想过惩罚她，实际上他也不知道自己到底在干什么。在她把他一个人留在家里之后，他害怕看到跟她有关的所有事情。有多少次要烧掉她留下的东西一了百了，就又有多少次他被思念击垮而飞奔到她的怀抱。

2

2000 年　纽约

　　我到海尔勒姆大街上的一家饭馆吃晚饭，这条街是我们刚来纽约时生活过的地方，直到去哥伦比亚大学读书之前，我一直住在这里。等待女侍者上菜的时候，我想起过去经常听别人说的那句话："你将会一辈子住在这里，甚至你的子孙后代也永远改变不了你的身份——愤怒的阿拉伯人。"

　　我喝着啤酒，想着此时此刻的自己，正跟几亿人共同生活在这个国家，而这些人既不认同巴勒斯坦民族所经历的事情，也不觉得这些事值得一提，实际上我在这里生活纳税，可能正为某个"犹太复国主义集团"做贡献。

　　我当然一直会是一个愤怒的阿拉伯人，因为我永远不能与他们享有平等的权利。愤怒是我这么多年来赖以生存的火把。我也曾尝试着遗忘和适应，试图成为这座魔幻都市的一部分，但就像一个总是被拉扯着衣服与恋人分别的女人一样，我原本的样子使我与外界疏离，而我也并不觉得羞耻。

　　女侍者把我点的披萨端了上来，披萨上有一层厚厚的芝

130

士。我开始迅速地用餐，在这里绝大多数事情都以飞快地节奏进行着。我前面坐着一个年轻人，他身上绘满了文身，留着奇怪的发型，他一半的脑袋剃了光头，另一半则梳成辫子。在这里，几乎没有人会在公共场合关注我脸上的疤痕，而我也不知道自己是觉得自在还是烦恼。

你看，这里有各种各样稀奇古怪的人，甚至在有些人看来脸上有疤是很时髦的。跟这些人相比，我对自己的认知会显得愚蠢可笑。这也就意味着，这里没有人对我的痛苦感同身受，但我依然要保留这种痛苦，我不想跟他们一样，我只跟少数外国人建立友谊，而这些人都比较亲近阿拉伯人。人来到这个世界之初，内心深处总有一种天性，把他和生养他的土地紧紧地连在一起，这种联系像胎记般印刻在他的身上而逃脱不掉，所有人最终都要落叶归根。

海尔勒穆大街对我而言，不同于纽约的任何一个地方。实际上，在这座城市里，每一条街道都有特别之处。大概在二十世纪八十年代中期，当我们第一次来到这座霓虹之城时，只有这个街区的生活费，可以让父亲勉强担负得起。跟纽约其他昂贵的地方相比，海尔勒姆大街在我眼里就像是另一个难民营，跟我们刚刚逃离的那个地方很相似，就像是美国版的"萨卜拉和夏蒂拉"，只不过这里要文明一些。这个街区的大部分居民都是黑人。每次想到他们就像是"美国巴勒斯坦人"时，我就觉得好笑。他们原本应该在美国南部生活，但却被迫背井离乡，终于在美国北部找到一个可以落脚的地方，开始在这里过社会最底层的生活。

我们之所以在这里生活，是因为我们没有钱去其他地方，或者因为这里的人更容易接受我们阿拉伯人的身份。但父亲总是极力让我远离这个毒品泛滥的地方，他常说，我们只是暂时住在这里，只要找到别的住处就立刻搬走。

他不想刚刚带我远离战火，就让我陷入另一种"街头战争"。因此他非常注重对我的教育，为了能让我完成学业，他在一家花店工作。那家花店的老板已经上了年纪，想退休，但又不想把店铺交给一个手脚不干净的年轻人，他觉得我父亲很适合这份工作。父亲一生中换了好几个职业，现在每当我想起这几个完全不同的职业时，就觉得有些滑稽：从教师到战士，再到花艺师。

他会在腰间系一条围裙，用剪刀修剪玫瑰花，把花茎上的刺拔下来。那个时候的他看起来既温柔又快乐，仿佛已经摆脱了武器和战争的沉重束缚。他开始阅读一些关于花艺的书籍，了解每一朵花的种类和生命周期，学习如何修剪花枝。父亲的这份职业获得了成功，甚至在整个阿拉伯人居住区里小有名气。虽然他不再是教师，但是他掌握的那几句简单的英语帮了他很多。

"早上好，阿拉伯。"[1]

"早上好。"

他总会热情地与邻居打招呼，把手高高举起向别人致敬。有时候他还会谈论天气："今天阳光真好。"[2]与人们一起感叹今天的艳阳高照。如果他用了新的表达，那一定是他在前一天晚

---

[1] 原文为英文：
　　–good morning, arabo.
　　–good morning.
[2] 原文英语：the sun is shining today.

上的外国电影里学到的，他会用心地背下来，然后在跟人交流的时候测试能否熟练地运用它。

他很轻松地融入了这个街区，但是在家里的时候，他仍是一个巴勒斯坦人，而不是别人口中的"阿拉伯"。对我而言，父亲始终是一位教师，我总觉得其他的那些称谓和制服好像都是他借来的。父亲曾经工作的学校，隶属于联合国近东巴勒斯坦难民救济和工程处，这份工作让他和他的妻子都感到十分骄傲。也许是因为他当教师的那段时光，正是我们全家人记忆里最快乐的日子，所以我在心里始终记着他作为老师的形象，并不愿破坏它。那段日子里，虽然我们也颠沛流离，但是我们有一个完整快乐的家。尽管难民营的房子很小，但是我们每个人都在，一个也不缺。哪家的女人如果在厨房里做了"约旦蔬菜汤饭"，诱人的饭香便会飘满整个萨卜拉和夏蒂拉难民营，而且每一个家庭都可以分到一份。

那时候我会每家每户地串门，人们之间没有拘束，没有秘密，所有人像是在一个大家庭里。我妈妈会带我去参加妇女们的聚会，听她们闲话家常。而那种男人们的"坐谈"，一般就是所有人都坐在地毯上。有时这些聚会也在我们家举办，我从十二岁之后就开始跟父亲一起参加。那时候，所有的男人和女人都和睦相处，和谐到让人觉得不可思议。

他们说着相同的方言，亲切的乡音和熟悉的故事让他们交流无碍，还有那些从巴勒斯坦带来的旧物件又平添了大家共同的乡愁。我甚至还记得，当时有个男人离开难民营到黎巴嫩南部工作两个月的事情，他回来的时候发现妻子把他们从巴勒斯坦带来的东西都扔到了屋外。他生气到想要跟她离婚，幸好有德高望重的人出面劝阻了他。她几乎扔了所有的东西，只留下了从巴勒斯坦家里带来的一盏电灯。也许就是这盏灯挽救了她的婚姻。

"还有这盏灯，这灯我没扔！"她取出灯，把它点亮，而他则站在门口的台阶上，身后是一群赶来劝他的男人女人。

"如果没有这盏灯，我早就把你也扔出去了。快回屋！"

她在女人们的欢呼声中回到屋里，她们为他改变了主意而欢呼雀跃，好像她是一个重新举办婚礼的新娘。

3

　　我认识海伊莱达的时候，她来到纽约已经一年了。她正要去楼上一家服装设计工作室，正巧跟我的办公室在同一座大厦里。后来的一段时间里，我几乎每天都能看到她。她的长发垂到腰间，身型苗条略微偏瘦，瘦得性感迷人，看起来更像是一个欧洲女人。当时，我怎么也没想到她竟然来自中东。

　　有几次我听到她站在大厦门口打电话，听到她在说阿拉伯语。这让鼓起勇气上前搭讪，问她来自哪里。

　　"我是黎巴嫩人，你来自哪里呢？"

　　"我是巴勒斯坦人，但也曾经在黎巴嫩生活过一段时间。"

　　"你刚来美国吗？"

　　"我来美国很多很多年了。"

　　"我叫海伊莱达，很高兴认识你。"她伸出手与我握手，我也握住了她的手。当时的她笑容满面。

　　"你叫什么名字？你还没介绍你自己呢？"

　　"啊，当然，抱歉，我叫马吉德。"

　　对于她说话时所表现出来的热情，我很不适应，我不明白她为什么会这样做。但这也让我更大胆地约她一起喝咖啡。她看了看手表说差不多两个小时后就能结束工作，如果正好有空，那到时候可以继续我们的谈话。

"太棒了，那么两个小时后我们就在这里碰头。"

两个小时后，我带海伊莱达来到我办公室附近的一家咖啡馆。我们一起吃了点东西，并一直聊天，聊了两个多小时。我观察她吃饭时的样子，她习惯用一侧的牙齿咀嚼食物，上颚灵活柔软地活动着，看起来既可爱又诱人。说话时，她会用手捂着嘴，继续跟我聊天。

"你知道吗，这是我第一次跟一个巴勒斯坦人坐在一起。"

"真的吗？为什么？"

"我们属于长枪党……不是我，我的意思是我家人，他们是长枪党成员。你可以这么理解。"

我不知道应该回答她什么，所以沉默了。

"我也是第一次跟一个长枪党成员坐在一起。"

"我不是，我的家人是。"

"他们跟你一起在美国吗？"

"不，他们在黎巴嫩。"

"你自己一个人在纽约干什么？"

"我跳舞。"

"跳舞？"

"是的，我的专业是舞蹈和服装设计。两个专业。第一个是为了我自己，第二个是为了生存。我从小就跳舞，我想成为职业舞者。"

"以跳舞为生吗？"

"是的，我正在参加艺术表演，在舞台上跳舞，不是那种不好的舞，你不要误解。"

"没有，我没有想歪。"

"你来自巴勒斯坦什么地方？"

"你了解巴勒斯坦吗？"

"不，但是我想知道你家乡的名字。"

"我父亲的村庄叫卡夫里亚斯夫，母亲的村庄叫阿布西纳南。我们的村庄都属于贾利勒地区。"

海伊莱达听后笑出了声，然后又赶紧道歉："不好意思，但是这个村庄的名字很搞笑。阿布西纳南，怎么会叫这个名字？"

"我当真也不知道为什么。"

我试着跟她说话的时候保持警惕，特别是得知她的家人是长枪党之后。如果我早知道这一点，或许就不会约她喝咖啡。但是该发生的已经发生了。我也没有办法不被她富有青春气息和生命力的说话方式而深深地吸引。她说话的时候百无禁忌，却不令人厌烦，打破了任何做作的可能性，常常出人意料。

我发觉自己说话时总是带着调查的心态，会仔细地留意着她回答的每一句话，但是我发现不管我说什么，她的反应都与我预料的有所差距。她或是大笑，或是聆听，然后偶尔打断我，对一些细节进行提问，比如我住在哪里，我工作的性质和我在美国多久了。

"你用巴勒斯坦方言说几句话听听。"

"为什么？"

"我想知道你们的方言是什么样。"

"说什么呢？"

"说什么都行。"

"啊，可爱的姑娘。我们的方言跟你们的没什么差别，很多年前你们说的也是巴勒斯坦方言，你以为自己来一个古老的地方吗？要么你说几句长枪党人的方言给我听听？我们阿拉伯人的方言都差不多。"

开始的时候，海伊莱达就像是一个挑战。一个来自远方的女人，她身上带着我并不熟知的一部分记忆。如果我在很多年前遇见她，并得知她家人是长枪党员时，就很有可能直接在她面前把桌子掀翻。但是现在，我不会这么做了。时间过去太久，久到足以改变我们。如果你和我一样走出原本狭隘的生活圈子，开始在世界各地接触各种各样的人，而这些人很可能都是敌人的时候，你也会变得更容易地接纳他人。我想知道她的秘密：她是谁？在这里做什么？为什么答应跟我坐在一起？是什么吸引了她？

"我可以问一个问题吗？你的脸是怎么受伤的？"

"战争的时候留下的。"

"你怎么没有修复它？"

"不。"

"你的腿也是在战争中受的伤吗？"

"是的。"

"我们聊这些话题会让你觉得难受吗？"

"没有，我很乐意跟你聊这些。"

"只要你不介意。"

自那之后，我们便经常见面，我总是努力地获得她的好感，对她所有的疑惑都有问必答。而她对巴勒斯坦和我的过去抱有极大的兴趣，包括我的父母还有大屠杀。

"我伯父曾经在战争中杀了三个巴勒斯坦人，然后他又自杀了。他们侮辱了他，我不明白他们为什么这样做。"

"杀了他们？"

"是的，他们都死了。"

"你为什么跟我说这个？"

"我不想隐瞒你，这是事实。"

"他们做了什么，以至于他杀了他们？"

"我也不知道，但他是个很自负骄傲的人，他们侮辱他，所以他杀了他们。他回到家之后便自杀了，因为他不能接受自己是杀人凶手的事实。"

她说这件事使她记忆里的巴勒斯坦人都很残暴，相当于土匪强盗。她对我们国家所经历的被侵占一无所知，也不了解发生在我们身上的那些悲剧和苦难。她唯一知道的就是我们侮辱了她叔叔，他后来自杀了。

她还告诉我，她之所以选择离开黎巴嫩，是因为家人的期望让她不堪重负。

"我父亲是一个很好的人，但是在他眼中，女儿的行为举止应该像一个小公主、像国王的女儿。我们之间从未进行过那种正常父女之间的谈话。他给我很多钱，也非常地宠我。给我买一切我需要或者不需要的东西。你能想象吗，到现在为止他还在给我寄生活费、学费等所有的费用，他拒绝让我花自己的钱，我只能花他的钱。"

我不明白这样的关系为什么让她觉得困扰。海伊莱达的父亲，应该是很多女孩梦寐以求的理想父亲。但是对她而言，这意味着父亲执意将她留在自己的羽翼和家族的庇护之下。她说这种来自家庭的爱，在某种程度上已经变成了枷锁，阻止她成为自己。而她却想远离这些，寻找自我。

"相信我，这世上有很多人一辈子也不知道他们自己是谁，他们不知道自己要什么，也不知道什么是幸福和快乐。也许我不过是犯了另一个错误。我选择的路并不容易，但我很确定这是我自己的路。"她对我说道。

海伊莱达把她最担心的事情也告诉了我，她有时还会疑惑自己的选择是否正确。不过大多数时候，她都表现得比实际情况更坚强。

"当你逆着根生长的方向行走时，必然会受到巨大的震荡。想象一下，一棵树要离开原本生长的土地，去看太阳的另外一面，它这样可能会死。我不知道未来会怎么样，但我觉得自己像一株植物，我不希望人们经过的时候都来践踏我，所以想把自己连根拔起，永远地离开这里。"

她还说自己其实深爱着故乡，但是故乡却让她非常痛苦："也许我对它的爱与它给我的痛一样多。就像巴勒斯坦带给你的痛苦一样。也许巴勒斯坦不一样，她并非故意伤害你。你有没有实验过，她是否会像祖国母亲对她的子民张开双臂那样接纳你，她没有看到她的子民遭受了何等的欺凌，她不是故意让他们陷入战争和悲剧的。你知道她是被占领和欺凌的。"

但是巴勒斯坦让我觉得无助，亲爱的，就好像有把锤子把我钉在了地上。母亲就在不远的地方，我看得到她，但不能去找她。也许是战争和惨剧摧毁了我的祖国，但是被占领的痛苦和羞辱又成为爱国情绪的养料。在黑暗中我们团结一致，在我们和我们的土地之间生长出疼痛和情感，而难以跨越。特别是对于我们这些背井离乡的人来说，它们存在于我们内心深处，而不是某一处真实的土地。对于那些没有离开的人来说，情况也许不同。可能他们有时也想逃离，但是一旦逃离就再也回不去了。逃离这个想法本身就意味着放逐，从而变成一个诅咒。

这就是我的回答。那天我一说完，海伊莱达就差点哭了出来。她靠近我，好像是要找什么东西，她想让我抱住她。她抬起手，把手掌搭在额头上："我也是个逃兵，我需要回去找到真相。"

"但是，你知道，所以你才逃走，难道不是吗？"

"我知道我应该回到那里，看到他们，听他们说话，与他们交谈。希望你能明白。我有时候也觉得害怕，一株被连根拔起的植物，偶尔也会想念那片曾经滋养过她的土地。"

"海伊莱达，难道我不是你的大地吗？"

"比起大地，你对我来说意味着更多。你知道我非常爱你，但是事情还是有所不同。"

"为什么？"

"如果我说出来，你肯定会生气。"

"不，我绝不生气。"

"你总这么说，但你肯定会生气。"

"快说，快告诉我。"

"你也总想要塑造我。你又不愿参与我生活中的重要事情。你不愿意看我跳舞，不愿意我与过去和解。当我赤裸着身体在你床上的时候，你教我看镜中的自己。现在我足够勇敢了，你又不愿意我再这样做了。你认为我可以很容易地战胜孤独和乡愁。但我觉得这两样东西已经深埋在遗传基因里，而无法从中走出。也许是人性本身让我们不断地回忆幼年时光。在回去之前，我无法预知会发生什么，也不知道那里是否会伤害我。但是我知道，这是我必须要做的。"

"你说我什么，为什么要这样批判我？"

"因为你问我，所以我就把感受说出来。"

"我希望你留在我身边，我错了吗？"

"不，但是你不愿看到我的内心。"

"如果你已经决定了，就去吧，海伊莱达。"

我对她说走吧，她便离开了。我没有把她紧紧地抱在怀里，甚至没有把话说完。我根本不想明白。我也不想拥抱她。如果我的怀抱对她来说并不意味着归属，比不上她的"祖国"，那么我又何必这么做？难道这些生活中的选择不是她自己做的吗？

我之所以让她回到家人身边，回到过去，只是为了她未来能更顺从地回到我身边。到时，我会重新把她拥入怀中。

对于一个男人来说，没有比满足不了他的女人更苦恼的事情，不管她是否真的满足。我希望自己可以成为她的一切。在最开始的几次见面中，为了避免站着出现在她面前，我总会提前到约会地点，然后坐着等她，这样她就看不到我的残疾。

每当见面结束，需要站起来的时候，我会在暗中用力保持身体的平衡和稳定，当然，我拒绝她帮我站起来或者靠着她的提议。我会严厉地瞪她一眼，让她放弃类似的尝试。做爱的时候，我也一定要掌控全局，我会跟她说"站起来"或者"坐下"，或者用特定的方式躺下，我会要求她闭上眼睛或者睁开。我努力不让我的身体残疾阻碍我的狂热和激情，不能忍受我无法主导我们的性爱生活。

做爱之后，她会睡在我的胸口，亲吻我的胸膛。有好几次，她爬下来亲我的双腿。她说不能想象除我以外的男人进入她，我仿佛已经嵌入了她的身体，她觉得自己就是为我量身定制的，包括肩膀的宽度、身高、手掌的大小以及所有一切。

"当男人进入一个女人的时候，男人的感受跟女人是不同的，也许会比你们想象的还要深刻。当你们抽离出来的时候，就好像用力地关上了一扇门。所以即使做爱结束，我希望我们仍是一体的。也许看起来这只是一件无聊的小事，但是这会让我心满意足地睡着，感觉你始终充实着我。这并不是高潮。高潮很容易，我们自己也可以达到。这是圆满。"

4

　　我从生活中学会了如何战胜我的伤痕，而这种战胜有时也是陷阱，把自己变成自己的俘虏。我总想塑造一个所向披靡的铁血男儿形象，这样就不会被生活所伤。我曾经觉得纽约是一个可以给我安全感的避难所，这座城市里满是陌生人，谁也不认识我，他们对我一无所知。城市拥挤的街道仿佛有魔法可以把你变成另一个人。这里的生活节奏非常快，所有的人和事都被交织成一条线，生活看起来直接而简单。

　　我走出中央公园，就会看到一些人待在那里好几个小时只是为了看光景，还有很多人在大街上排队等新服装店开门营业，又或者很多人从提供速食的餐厅里走出来，然后走进某一个博物馆。你会在这里看到形形色色的不同国籍的人，可能是中国人、法国人、非洲人、印度人、墨西哥人，也可能是阿拉伯人，而你走在这些人中间，丝毫不觉得奇怪。这就是纽约。

　　我想如果这些不同国籍的人也来到难民营会怎么样，可能萨卜拉和夏蒂拉人都会蜂拥而出看热闹，会以为他们是近东救济组织或者某个国际组织的代表，甚至觉得他们是以色列人。

　　在难民营里，每一张脸都是彼此熟悉的，所有的人都互相认识，从卖菜的小贩到民族委员会的代表。甚至来到难民营的黎巴嫩人，我们也全都认识他。在那里，我们被分离和隔绝在面积狭小的土地上，这里最早只是一个小型的难民营，后来这里的很多建筑都是违法建造的。我们全都被安置在规定的地方等待着下一步指示。然而，在某个角落里，阿布·哈桑未经许可盖了一个房间，好让他儿子在那里结婚。随后另一个角落里，阿布·穆罕默德把自己家的房子扩大了一点，因为他的孩子们长大了，原来的房子已经容纳不下了。

我知道把纽约和难民营拿来比较有点愚蠢，但是为什么我们要放弃自己的国土，而成为角落里的民族？为什么我们要生活在缝隙里？为什么我们被认为是危险的源头和威胁？在纽约，所有人都可以一起同行，可以受到相同的待遇。只有我们是多余的，被分散在各个居住区里，连每一次的停留都只是暂时的。

随着难民营的面积逐渐扩大，回归祖国的希望也变得越来越渺茫。因为一旦人们习惯了在某个地方生活，不管它是否狭小、不舒服，人们都难以再离开它。我父亲说，当他在黎巴嫩的第一间房子里结婚的时候，他觉得自己从磨难中的祖国身上抽走了一块石头。

"这就是一种投降，在你别无选择的时候只能一点一点地投降，因为我们已经无法再忍受艰苦的生活条件，我们开始想过稳定的生活。孩子，我唯一能做的就是把巴勒斯坦的国家地图留在家里，我要你对着《古兰经》发誓，不管你去哪里，都要带着这张地图。"父亲如此对我说道。

我真的保存着这张地图，并把它挂在家里的墙上。我本来可以把它带到办公室，但是我知道家里更温暖。很多时候，当我看着自己所生活的这个地方，所享受的舒适奢华，就不禁扪心自问，"回归"对我而言到底还有没有诱惑力？我是否还对"斗争"怀有激情，跟那些身处危机中的人们一样？这个家的替代品，有时候是那么令人满足，引诱着我忘却故乡。如果没有保留着脸上的伤疤，我恐怕会忘记我的祖国每天都在遭受的屈辱。如果没有腿上的旧伤，我可能会忘记那些在暗中觊觎着巴勒斯坦的敌人们，其实仍在那里。其他的巴勒斯坦人则正遭受着折磨、囚禁，被迫对敌人唯命是从。这一切，每天每时每刻都在发生。

所以我必须始终保留这些痛苦，并非因我有受虐倾向，而为了让愤怒的火把永远燃烧。我们为了争取应有的权利而付出了太多的代价，这火把是我们的努力不会白费的唯一保障。

四年前父亲去世了，当我想起父亲时，也会想起菲利普——我第一份工作的老板。他曾经对我说："你要紧紧抓住生存的权利，但不要让它毁了你。你需要知道，在某些时候，并不是所有人都能够得到自己应有的权利，终有一天，你们都不得不解决。我不知道建立两个国家是不是一个好的解决方案，但你们终究会想到解决办法的。"

他曾劝我接受治疗，做整形手术，修复脸上的伤疤，并医治腿伤。或许，父亲也希望我去就医，消除战争留在我肉体上的痕迹，但没人理解我内心的想法：保留这一切代表我与过去仍有联系。事实上，即使每夜没有腿伤之痛，我也不可能忘记过去，因为我深知生活的丑恶，它一点也不美丽。对我而言，整形就像是用外科手术去掉了故事中邪恶的一部分。

这就如同一场持续而冗长的丧礼，并非我愿意沉浸在黑暗里，而是因为死亡从未停止，因为杀戮者们还未向我们道歉。这也是海伊莱达无法理解的一部分原因。我并非想生活在黑暗和痛苦中，但是血腥屠杀之后还没有人点起火把。

或许她想回去也出于同样的原因，是为了理解和质疑，为了不做"过去"的逃兵。不知道为何，虽然在我看来这样的清算是合法的，但我并不希望她也这样做。我只希望她可以被说服，然后与我一起得到重生。我不能理解她所说的"不想让我成为她的房子和国家"，她之所以要去那里，是因为那是她的一部分，她需要正视它、了解它。

她说，她不是痛苦的囚徒。在认识我之前，她有能力使自己从战争和杀戮中解脱出来，但却不能忘记。

海伊莱达说："遗忘是一种抽象行为，因为所有在过去积累的人事物的回忆，都长久地留在你心里，如果不能辨认这些记忆，那它们会以另外的形式存在，成为过去的延续，但我不想这样。我要回去，找到它另外的含义，至少要试一试。"

她在这里的时候，我就不理解她，而现在我也不想理解了，因为我害怕我们之间的距离。我害怕她孩提时代玩耍的田野、她从小爱吃的食物，还有她闺房的味道和父母的拥抱。我害怕这一切让她流连忘返，并把我抛诸脑后，再也记不起来。我害怕她会在他们面前跳舞，我害怕她在任何人面前跳舞，怕那些观赏者们认为她的身体是敞开的或是可以得到的。我害怕这一切，虽然她不是舞女，也不会乱搞，但我没办法不害怕，也没办法让爱情摆脱恐惧，所以我只能选择残酷。

现在，我快要被一种交杂着悔恨和愤怒的情绪所吞噬。仿佛我们之间未能化解的冲突、我未能对她说出的恐惧和心声，连同这个女人一起成了一个诅咒，寸步不离地追赶着我。我看到她跳起来，挥舞着头发，纵情地大笑；她张开双臂，高举向空中，与双脚的动作一致，一会儿向前，一会儿向后。她的腰肢配合着她的双腿，在身体弯下来之前，腰部就先轻轻地弯曲。我看到她的热情和内心的火焰，我多么希望我可以抓住她，即便那光辉会烧伤我的手。

对于一个男人来说，最残酷的事情就是用连接了两个人共同回忆的绳子，亲手绞死他心爱的女人。而我每天都想挂起我们殉情的绳子。我仿佛感觉到绳子从她的脖颈上垂下来，然后紧紧地缠住了我，把我变成一个被包裹的茧而在里面独自呻吟、哭泣，没有人能看得见。

这种想法折磨着我，而且多年来一直未曾消减，就像当年没有能力保护母亲时的痛苦一样。尽管我不在她死亡的现场，不知道子弹击中了她身体的什么部位，也不知道她是否感到痛苦。

死去之前，她很痛苦吗？她是否在士兵扫射子弹的瞬间就离开了人世？有没有人替她合上双眼？或者她始终睁着那双大眼睛，死不瞑目？凶手是否对她有一丝怜悯，还是根本没有在意？有没有人侵犯她的身体？辱骂她？强奸她？为什么父亲对此只字不提？他为什么没有责怪是我害死她？因为我受伤了，他才不得已把她一个人留下，他为什么不冲我发火？为什么对我的错缄口不提？他过度的沉默反而深深地刺痛了我。这让我体会到深沉的父爱，我如何能抛弃它？为什么海伊莱达不明白呢？

有的人折磨自己，是因为身边的人让他痛苦；我之所以这么做，是因为父亲的爱。我像继承信仰般继承了父亲的沉默，我什么也不能说。我努力地向着成功攀爬，坚持不懈，只为了向他证明，他的儿子值得他曾经的牺牲和付出。但如果他知道我爱上了敌人的女儿，又会做何感想呢？他会接受我们的爱吗？

5

父亲于 1994 年的冬天去世，是正常死亡的。他在病床上躺了几个月之后，便离开了人世。当时，我有很充裕的时间来陪他聊天，与他告别。那时我还没有认识海伊莱达，而现在我会想，对于她，父亲会说些什么呢？甚至也会想，如果我去见她的父母，又会说些什么呢？

"你杀害了我的家人，你能够想象我当时多么痛苦吗？"

"你想控制我们的土地，难道我们袖手旁观吗？"

"我母亲被杀的时候，怀着身孕。"

"你现在想对我女儿做什么？"

"我爱她……你想让我讲一下我母亲的样子吗？"

"我弟弟因为你们才会死。"

"如今你怎么看待我？"

"我不想看见你。"

"你不想知道我是怎么看你的？"

"我不在乎。"

这是一段我想象的宿敌之间的对话。我也不知道自己为何想象出这样的画面。每当我试图回顾过去时，便感觉到有一只黑色的手抓住我，然后在我身上挖出一个洞。当我跟海伊莱达对话时，情形却大不相同。她会聆听并安慰我，告诉我残疾不是我的错，也不是因为我来自一个被占领的国家。她说生活中的苦难，有时会让我们误以为自己犯了错才被惩罚。

我认为宿敌一定会拒绝承认罪行，并让我们来承担一切。那么，是谁同意让埃尔比勒·沙龙进入萨卜拉和夏蒂拉难民营从而导致了那场惨绝人寰的大屠杀？他们目睹了这一切。父亲如此对我说道，还说以色列人也利用了基督徒。

父亲说："大屠杀触目惊心，震撼了所有人。人们开始互相指责，推卸责任。媒体，报纸，全世界都在谴责，以色列人和黎巴嫩长枪党也开始对骂。"

他还说，全世界都在说谎和推诿。"只能自认倒霉。"因为后来谁也没有阻止巴勒斯坦人的权益继续受到侵害。当看到横尸遍野的惨状，人们开始团结起来，同仇敌忾，好像每个人跟死亡直接相关，仿佛能清晰地感受到死亡逼近的气息。然而一段时间之后，当鲜血冷却，尸体开始被遗忘，一切又变得跟以前一样。那么多的尸体只是给"屠杀"加了一个名字，仿佛集体死亡如果不被记录，是不合情理的。

父亲去世时，心中依旧带着愤怒。我知道他已经心灰意冷，对生活没有了激情，但他并不是绝望，而是听天由命。他曾经说："当战争被证实是不会成功的，我们所有人便逃往了和平。"就像那些青春已逝的妓女，当她们失去了美貌之后，只能向安拉祷告或者忏悔。她们之所以不愿承认这份职业的好处和魅力，是因为妓院给了她们虚荣和金钱，所以她们才在那里虚度人生。那些使她们走上这条路的悲剧，成为她们忏悔的借口。邪恶都是诱人的，就像仇恨也有着难以解释的魔力。人类在歌颂善良的同时，却拒绝变得善良。那些欺辱在黑暗中吞噬着我们的灵魂、怀疑、嫉妒和压抑，我们却说不出来，也无法让灵魂的萌芽长高，于是便有了两颗始终不能相遇的心。

有时候，我不想向海伊莱达承认我欲望的阴暗面，因为我还没有强大到可以向她坦白的地步。我们之所以在爱情中变得残忍，是因为害怕失去自我。不仅对爱情如此，对死亡也同样如此，交出灵魂是非常艰难的。我想让她跪在我面前，因为爱情与信仰是等价的。但我没有这样做，因为我只想向她证明我是她的庇护所。

我总是希望在她眼中找到一种目光，就是母亲注视父亲的那种目光、纯粹而勇敢的女性的目光。"一片从来没有被任何人踏上的处女地。"我也希望可以这样形容她，就像父亲描绘母亲那样。

我逃避她跳舞时向我投来的目光，是因为我的脚，还是因为我在逃避一个不再是处女的女人？尽管我已在纽约生活了将近二十年，但是我仍然希望她可以像难民营里的女人们一样吗？当丈夫威胁要离开或者离婚的时候，她们难道会害怕得发抖吗？如果看到陌生人，她们难道会惊慌地把面纱盖到脸上吗？

这是多么刻薄的想法啊！这么多年过去了，我发现自己的想法跟其他侨民没有差别，我们只是带着一副皮囊来到这片新的土地，假装我们已经跟过去不一样。我与她之间的冲突，不仅源于我的身体，还因为她太过清楚和明白。她总是安慰我，说会做我的处女地。而我只是用自己的恐惧来惩罚她，这是多么愚蠢。那我还有后路吗？也许有，但我却做不到。

海伊莱达从来不知道我有多么的害怕，她不知道我有多少次沉浸在过去的种种细节里无法自拔。我已经成为事业有成、经济富足的男人，但是我却依然带着昨日的伤痛。虽然改变了穿着打扮，但我依旧能感受到耻辱和愤怒。我还记得，父亲如何抱着受伤的我来到加沙的医院。我记得那个地方的每一处细节，我记得如何从昏迷中醒来，以及护士在我身上缠绕的那些纱布和绷带。住院后，我第一次照镜子，看到脸上有一层层的纱布。我想把它们摘下来，但是父亲阻止了我，并把我的手从脸上拿开。当我看到自己的腿的时候，突然觉得它非常陌生，仿佛已经不属于我。当时的我已经失去了母亲和原来的容貌，失去了生活和未出生的弟弟，只能想象着自己的父亲是一位英雄。生活狠狠地给了我一记耳光，并将终生与我为伴。毫无缘故的痛苦降临到身上，并留下了深深的烙印，我却对此无能为力。

　　"我想看看自己的脸，爸爸。"

　　"等到适合的时间就可以了。"

　　"我怎么了，发生了什么？"

　　"孩子，你需要冷静一点。"

　　我试着感知纱布之下的脸，想知道脸上的五官还在不在。每天我都强忍着泪水直到夜晚到来，然后自己一个人在病床上哭。几天之后我们去布尔吉难民营的海伊法医院清理伤口，那里离扎哈拉姨妈家很近，但那里一面镜子也没有。我把手放在脸上，感觉到鲜血流下来，伤口很长，血从伤口的一端流到另一端。我什么时候才能看到自己的模样？

　　脸上的伤口愈合了一点之后，我第一次看到了自己的脸。

那一瞬间，我只想把镜子打碎。从此以后，不管到哪里我都避免照镜子。直到很久之后，我才鼓起勇气看自己，并萌生了一种想法：这道疤痕就是我，它变成了我，我变成了它。

开始的时候，我成功地躲开了镜子，但却没有办法逃避我的双脚。我姨妈曾经说："这对你来说太残忍了，年轻人。"这句话始终回响在我的耳畔，所以在她面前我总是努力地尝试走路，走给她看，就像要告诉她："我很好，我不想要这样的同情。"她总是担心地对我说："你慢点，小心一点，我的外甥。"每当她用担忧的语气说话时，我就生气地对她说："我没事，我不是跟你说了吗，我没事！"

我父亲对她喊道："不要管那孩子了，你现在不管说什么，他也听不进去。"

她会担心地在房间里走来走去："你说什么呢，这话什么意思，我哪里说错了？"

"好吧，姐姐！我们出去吧！"父亲只得这么跟她说。

那一天，她坐在那里哭得非常伤心，一边哭一边向安拉倾诉。

父亲则拉着我的手离开了："没事的孩子，她只是关心你，疼爱你。"

走路确实是一个艰难的挑战，但是我想让父亲放心，告诉他我很好。回到我们自己的家之后，我总是躺在床上看着自己的脚，仿佛它是所有问题的源头。我不再跟难民营的孩子们一起玩耍，大多数时候我都远离大伙儿，自己一个人待在房间里。他们看我的目光意味深长，要么是鄙夷，要么是同情。记得那时，他们会偷偷地在难民营狭窄的巷子里踢一小时的足球。那一天跟往常一样，我靠近他们，并尝试用健康的那条腿踢一脚球，但是我摔倒了。对此，所有人都笑了。我的表哥穆罕默德把我扶起来，送回了家。

"发生了什么？"父亲问道："为什么你的衣服脏了？"

我没有回答他。

"没事，叔叔，一切都很好。"穆罕默德说道。

后来的几天里我一直躺在床上，直到腿伤恢复。

"安拉会宽恕你的，我的孩子，安拉会宽恕你的。"

6

2000 年冬　纽约

海伊莱达已经离开六个多月了。大概在三个月前，她的邮件中断了，并再没有打过电话。我也没有联系她。在我看来，她可能再也不回来了，我应该永远忘记她。生活已变得没有生机，爱情也失去了最后的希望。我相信她在那边快乐地生活，并早已忘记了我。如果她想回来，只需要收拾一下行李即可。我甚至不知道她是否会继续留在纽约，也不知道她对舞蹈的热爱能否使她重返此地。

某些时候，我觉得她一定会回来，但不是因为我，而是为了舞蹈，她对舞蹈的热爱会让她回来。但她也许会向故土投降，选择留在那里。这种反反复复的想法与困惑如梦魇一般，一直啃噬着我的骨头。这个女人究竟会怎么做，她在那边干什么？她在吃什么？她是否会像小时候那样，爬上树摘当地那种小小的橘子，然后抱怨橘子上的酸味粘在了手上？是否还会沾着盐吃青杏？

她是否会像小时候一样，在石头砌的墙头上走路？"那堵墙不高，我也不知道自己为什么不能像村里的其他孩子那样在

156

上面走路。"她有一次对我说道。

她总喜欢走在路沿上，靠近地上的土。"我爸每次都会骂我，我妈也是……海伊莱达，这样会把鞋子弄脏的，海伊莱达，你能学会让你的衣服干干净净的吗？海伊莱达？"

她从来不听话，依旧爬到墙上，直到她成长为一个少女，她的身体开始发生变化。她的胸部开始发育，她的样貌有时也会变化。就像她说的那样，她的身体有了"起伏的地貌"。"当我长成一个少女之后，只要我走在墙上，整个村子里的男孩子都会跟在我身后，好像我就是一堂地理课，他们需要探索它。"

"你们快看她的身体就像是一根竹竿……如果把戒指放在最顶部，它立刻就会滑下来。"而村子里的女人们则会指着她如此议论。

海伊莱达是幸运的，因为父亲从她小时候起就同意让她学习芭蕾。每周两次，司机开车送她到朱尼耶①的音乐学院上舞蹈课。他这样做是出于面子和虚荣的贵族心理。她的钢琴课，也是一样。但她从来不觉得自己是学音乐的料。

她说那些能够刺激她的声音，都是身体跟空气嬉戏时发出的。她告诉我，原始人会运用身体发出节奏，在当时已是人造声音的巅峰。"那时候的人还不懂得利用其他工具来发出声音，没有钢琴也没有其他的乐器。所以你在跳舞的时候，只能鼓掌拍手、跺脚、用身体碰撞地面或其他人的身体。这就是音乐。"

如今人们的头脑是"文明的"，但头脑在身体面前却是沉

① 朱尼耶（阿拉伯语：Jounieh 或 Junia）是黎巴嫩的地中海沿海城市，位于贝鲁特以北15公里，市内有度假区、俱乐部会所、露天市场、渡轮和缆车，居民主要信奉马龙尼礼教会，是全球最大的马龙尼礼教会城市。

默的，只能配合后者的律动。她赞美原始的舞蹈，现代人已不能在没有旋律的情况下摇曳身体了。在她看来，这真是太糟糕了。

"舞蹈只有在征服了音乐的时候，才称得上是真正的舞蹈。"

"你为什么不说它们是相辅相成、如影随形的？"

"生活就是如此。总要有征服者和被征服者。"

"你是说冲突吗？"

"竞争……让更优秀的那一个脱颖而出。听着，这就有点像两性关系，如果男女关系仅是互相陪伴，那么其中一方就会失去对另外一方的吸引力。"

"亲爱的，难道说两个人应该经常吵架吗？"

"不，不是吵架。但两人之间应该留有余地，当你看着你的伴侣时，你会觉得她身上永远有可以探索之处，尽管她已对你毫无保留。甚至当她赤身裸体站在你面前时，你仍觉得她好像穿了一千件衣服，吸引着你的目光。"

"这样关系才不会结束，对吗？"

"不会结束，只是我们再也看不到燃烧的激情。"

"但高潮不应该是舞蹈和音乐融为一体的那一刻吗？"

"我不知道，可能吧，可能两者并不能达到这种状态。"

"难道不是只有男女结合，让男人进入女人，填满她身体的空洞时，生命才是完整的吗？你听我说，如果没有合二为一，人们就不能生育，也不会有新生命的降临。"

"也许你是对的。但在某些时候，他们还是要分开的。男人和女人毕竟是独立的个体。音乐不希望成为舞蹈的工具，而舞蹈也不愿意依赖于旋律。"

"但是当他们彼此靠近的时候，才称得上是一件艺术品。"

那晚她一直微笑，也许那不代表她被说服了，只表明她喜欢这样的对话。我也很喜欢和她聊天，谈论任何话题。我喜欢我们的分歧、辩论和争吵，我们会抛出各种各样的问题，有时候找不到答案，有时候又会产生新的问题。这有点像《一千零一夜》里沙姆宰德的故事，每一个故事的结局都是开放式的。而那时的我们，就像纽约城、像这个世界上所有的不夜城一样。

我不知道这些光辉去了哪里？爱情为何变得暗淡？我又如何从一个优雅的恋人变成了一个愚蠢的男人？我不知道，是何种本能的驱使让人用担忧和恐惧代替了光芒？也许是日常生活琐事，让男人忘记自己为什么会爱上他的妻子并跟她结婚。对女人来说也同样如此，她不再注视丈夫，尽管他还是当初的模样。

为什么一段关系总是突然开始，又在不明不白中结束？这是人之常情吗？是他们之间缺少坦诚吗？还是因为双方感到厌倦和无聊？为什么一段时间之后，原本相爱的两个人就不再吸引对方、不再在意彼此？为什么爱情好像总有期限，并注定不会自我更新？为什么热情消逝之后，人们便不再坚持？好的爱情真的可以随着时间来越来越好吗？还是说时间是爱情永远的噩梦？

我不知道自己为什么不相信爱情刚开始时的甜蜜美好，也不能像绝大多数人那样沉浸其中。哪有这么多细节，来制造这些甜蜜美好的瞬间呢？

有一次她跟我说："爱情，就是持续不断地练习爱。只要我们继续相爱，爱情就不会抛弃我们。"

她总问我，如果有一天她病了，我是否还会跟她在一起，是否会接受她腐坏的一切。现在的我刚才开始了解她，然而我已没有机会告诉她我的想法：她身上那些腐坏的部分也能激起我的欲望。

难道不就是"女人的地貌"让她的身体与众不同？难道这不是所有的差别？我没有告诉她，我多么喜欢她头发的触感，多么喜欢她的叛逆不羁，尽管我同样害怕她会推翻我；我有时多么想用手指抚摸她的嘴唇。我没有告诉她，我总是不断地回味着她的一切，她乳房的大小、手指的长度、腰间和背部的肌肉线条。我没有告诉她，所有的一切在我眼中都已经变成了"她"，我多么希望她能回来。

我希望她能来敲我的门，乞求再次回到我的怀抱。这种期待并非出于傲慢，而是只有这样才能证明她对我的爱。她为什么不再给我写信了？为什么不在信里告诉我，如果没有我，她会生不如死？为什么她还没有死？为什么她不告诉我跟我一样痛苦？为什么所有的信都只是记录她的日常生活？为什么她突然停笔不再写信了？为什么她不在最后一封信里求我？为什么？

"也许你跟那些你所谓的战争屠夫没有区别，你跟他们一样，等待着鞭子鞭笞在我们的爱情之上。我诅咒你，诅咒他们，诅咒这一切！"

为什么她最后的留言这样残酷？

"我亲爱的海伊莱达，我与他们是不同的。我还在等待某一天你会回到我身边。我依然期待着听到你叩响我家门的声音……"

我开始写这封信，但是我很快就把每一个字母都删掉了。我不能对她说这些话，我不想要她的同情。也许她真的认为我跟那些人一样，野蛮而残暴，不愿理解这一切背后我深沉的爱。

我久久地面对着电脑屏幕，犹豫着再写一封信或者干脆忘了这件事。此时，电话铃响了，我正准备起身接电话，对方却已经在答录机里留言。

"海伊莱达，我是伊凡。一直想跟你联系，给你打了很多次电话，但是你手机关机了。我想约你一起喝咖啡，我知道最近一段时间我们疏远了，也忘记告诉你跟迈克分手之后我换了手机号。但是我有太多事情需要跟你聊。我非常想念你，亲爱的，打这个号码回复我：2931075。等你的回音，亲爱的，吻你。"

我回拨了伊凡留下的号码，希望能跟任何与海伊莱达有关的事情产生联系，任何人都可能是我与她之间的桥梁。

"喂，伊凡。你好，我是马吉德，最近怎么样？"

"你好，马吉德，我还不错，你呢？"

"我也挺好的。我收到了你的留言，但是海伊莱达不在这里。她去黎巴嫩了。"

"啊，真的吗？什么时候的事？"

"几个月前吧。"

"为什么？你们俩还好吗？"

"我不知道，她不在这里。"

"听着，马吉德，她在贝鲁特的电话号码是多少？"

"我不知道。"

"你难道不跟她通话吗？"

"事情解释起来有点复杂。"

"你现在在哪里？"

"我在家里。"

"你能不能跟我见面，喝杯咖啡？"

"可以。"

"我在第五大道的伊班亚尔咖啡馆等你。"

"好的，我这就来。"

在开车去跟伊凡见面的路上，我开始思考跟美国有关的事情。这个国家是一个传奇，在这里，美国人和其他国家的人都是这个传奇的书写者。我觉得它是一座矛盾之城，也许它本来就是如此。时代广场的两端是百老汇大街和第五大道，当你从一边走到另一边时，就仿佛在几分钟之内穿越到另一个世界。

这座城市里的每件事物都是丰满的，物质的奢华，不计其数的财富之源，从汽车制造业到好莱坞的电影工厂，这里的工作永无止境。在我看来，纽约是一座正在沦陷的城市，那不可阻挡的飞速建设和发展，必将以古希腊神话传说般的悲剧为终结。我常常问自己，这种力量到底要去往何方？更加昌盛还是更加堕落？在我看来，它就像是一个对命运一无所知的巨人。

一片土地可以杂糅所有的东西吗？教学大纲提供知识的皮毛，专业研究提供知识的深度；北方人投入工业生产，而南方人则固守陈规。也许这就是美国的力量所在，它像是一个令人费解的谜，像一条有很多支流和唯一入海口的河流。

我有多么爱它，就有多么嫉妒它、恨它。没有任何一个国家在拥有如此强大的力量的同时，还能像它一样仁慈。而我们阿拉伯人或巴勒斯坦人，则扮演着这个国家的燃料。

比起第五大道，百老汇大街令我更感亲切。百老汇大街是一条歪歪曲曲、肮脏至极的街道，每次我经过这里的时候，总感觉有电流急速而持续地穿过我的身体。这里的餐馆都很便宜，挤满了用餐的人，嘈杂的食客们拥有不同的国籍。行人经过的时候，能听到饮食男女们手中的刀叉碰撞的声音。而我也总能看到神情寂寞的中年男人和絮絮叨叨、没完没了的中年女人。

在我看来，这条社会底层的街道非常有特色。我有时候会奇怪，为什么纽约最重要的百老汇剧院，会建立在最破烂的街区里？难道因为戏剧是大众喜欢的文艺形式，所以要彰显出普通人的本质？这条街道的垃圾堆里隐藏着罪犯和杀人凶手，垃圾堆就是他们罪恶的温床。这里的一切都很廉价，包括感情。这里的一切都是真实的，这些街道有血有肉，构成了百老汇生生不息的身体。这里是人口拥挤的美国，汇集了五花八门的事物，有价值的、无价值的，有道德的、无道德的，有爱的、无爱的。

穿过百老汇，就来到了第五大道，这时你仿佛看到了一个崭新的美国。在这里，你能看到这个国家残酷的一面。这里是属于资本家的，没有穷人的位置。就如同对于美国来说，这个世界上没有多余的席位留给失败者和弱小的国家。这里只有傲慢和固执，只有美国领袖们在演说中称赞自己国家的夸张之词。这是个永远不会被征服的地方，是一场永远不会醒来的美梦。这是一条属于贵族阶级的街道，干净得发光，住在这里的人是全纽约最有头有脸的人物。到处都是高楼大厦。百货大楼里贩售着最昂贵、诱惑人心的商品。它笔直整洁、秩序井然。它不同情任何人，跟那些无暇顾及人道主义的地方一样。这里只有奢侈品和高级的饕餮美味。在这里，伊凡找到了自我。在这里，她成为全世界的女王，她已经从社会的底层来到了顶峰。如果不是有仇富心理，谁能够抵抗荣华富贵的诱惑？而且，为什么要抵抗呢？

我到了咖啡馆，看到伊凡正在等我。她站起来迎接我，轻轻亲吻我的面颊。她脸上擦了很多香粉，唇上涂了鲜红色的口红，穿着一条紧身的牛仔裤，一件黑色衬衣，衬衫底下丰满的乳房呼之欲出。她是美丽而诱人的，宝藏一般的女人。只要她看你一眼，你就会觉得欲火焚身，就像那些不用说话就能召唤你的尤物一样。我第一次从陌生男人的角度来观察伊凡，虽然我没有被她吸引，但突然意识到她是如此之美，每一个细节都美得浓烈。也许是当天她精心打扮的缘故。

"我觉得你真是越来越美。"

她笑了，把水杯放在唇边，继续微笑："女人的确需要听一些赞美和甜言蜜语。"

"我的女士，你是真的美丽。"

她又一次笑出了声，突然表情认真起来，仿佛是在表演电影里的角色变化："现在告诉我，海伊莱达在哪里？你们之间发生了什么？"

"好吧……有一段时间了，海伊莱达决定要回贝鲁特，她没说什么时候回来，然后我们之间断了联系。"

"你们断了联系，这是什么意思？就这样？就这么简单？

你们之前是多么相爱啊，就像是小说里写的一样。"

"我也不知道，我的朋友。我也不知道是什么把她带走了。"

"你难道不想她吗？"

我沉默了，我该怎么回答？

"你怎么了？你敢向安拉起誓，说你不想她？"

"不，我非常想念她。"

"那干吗犯傻？为什么不给她打电话？"

"我不愿意。"

"别像小朋友一样，给我她的电话号码，我来跟她说。"

"伊凡，听着。我跟海伊莱达是不可能有结果的。是的，不会有结果的。如果她是南，那我就是北；如果她是西，那我就是东；如果她是火，我就是水；她来自那里，而我没有故土；她跳舞，而我几乎不能活动自己的腿。"

"但是，你们俩相爱啊……"

"她太遥远了，遥远到我无法追逐。你觉得我不爱她吗？我深爱着她，但是我们注定要分开。我们之间有一段无法抹去的过去。不是我在乎，而是他们永远不会接受我。对她而言，我是过去的一部分，她对我来说也一样。不仅是她，还有过去所发生的一切。你能明白我的意思吗？"

"不明白，也许明白，但是我不能认同。"

"我们已经离彼此越来越远，甚至后来即使我们在一起，也有了无法跨越和解释的鸿沟。我有时候觉得自己害怕靠近她。很多事情，我没有能力解释和理解。现在，我试着让自己习惯和接受海伊莱达已经离开的事实。我只是幸运地和她一起度过了一段时光，是偶然，却也是真实的。"

"你可以轻易地放弃这些时光吗？"

"不，不是放弃，这就是现实。"

"我不明白……比如我也放弃了你的那位愚蠢的朋友，因为他一次又一次的背叛。实际的原因导致了我们现在的结局，但是你能够接受你们的爱情就这样无疾而终吗？"

"我不能，至少现在不能。但也许随着时间的迁移，我就可以接受了。"

"听着，马吉德。我知道，也许我不是给你忠告的最佳人选。我的人生曾经长期处于堕落中，但我一直都知道，我无法轻易地放弃自己的幸福。如果我遇到一件让我快乐的事情，我会紧紧地抓住它、用牙齿咬住它。有时候我因太怕失去它，而咬得太用力以至于伤害到它。我会提醒自己注意，再一次小心翼翼地把握机会。你也许已经这么做了，只是没有感觉到，你没有用牙齿咬住海伊莱达吗？"

"但是她不在这里了啊。"

与伊凡的交谈中，我觉得自己像一个没穿衣服的男人，仿佛脱掉了坚韧的外壳。我没有我们所处的这条街道这般庞大，也不坚强。我很脆弱。也许是她的强大，激发了我软弱的一面。你可以欺骗所有的女人，但无法在伊凡面前有任何隐瞒。你无法在她面前表现得无所谓，因为她会告诉你"不在乎"是一个巨大的错误，她会惩罚你。此刻，我的眼神支离破碎，因为我失去了自己深爱的女人。我本可以向所有人掩饰悲伤，却无法在伊凡面前假装。

伊凡打破了沉默，她说我应该给海伊莱达打电话。面对她的坚持，我觉得自己快要哭出来一般。

"听着，不要犯傻。不要因为害怕和幻想，而让你的感情付之一炬。去找她吧，给她打电话，告诉她你多么想要她。"

"但是你不知道……我不能这么做。你看着我，伊凡，仔细看着我。你现在看到的是一个成功而正直的男人，就像是我们所在的这条街道一样。但是你知道我的内心深处隐藏着什么吗？你知道有多少次，我想让自己的身体跟第五大道一样笔直吗？你知道我隐藏了多少像百老汇垃圾堆的碎片吗？我又能给她什么呢？我的落寞？我自己也不了解的祖国？还是并不能代表我这个人的美国国籍？"

"我不懂你为什么要把这些混为一谈，然后把感情也掺进来。"

"你可以把过去和现在完全割裂吗，亲爱的？"

伊凡没有回答我，我们并不是在比较谁的过去更惨。我们是这座城市里的两个陌生人，城市也不知道我们的秘密。因为这里是纽约，所以我们可以成为任何人，我们走在大街上不必在意自己过去的模样。人们看着伊凡，只知道她是一位来自墨西哥的女演员，而她曾经被继父强奸迫害，后来从禽兽手中逃跑的经历，却无人知晓。

"我这样做，是因为我希望你过得好，过得幸福。"

"如果没了爱情，我的生活会变得悲惨吗？"

"马吉德，你听着。我不是海伊莱达，我不是从贵族家庭里出逃的公主，而她是在娇生惯养中长大的。我是一个用地上的尘土混着沙石和汗水做成的女人，所以我知道你的感受，知道一个人孤独的感觉。我知道当你跟一个人在一起以为她会和你分担一切，却发现她的那扇门紧锁时的那种感觉。我懂得如何辨别好与坏，你和海伊莱达就是这样的，你们非常适合彼此。"

她说这席话的时候，我突然明白了海伊莱达为什么会喜欢她。在那一刻，伊凡不再是那个流产过两个孩子的女人，而是智慧和善良的化身。

"我想问你一个问题，你真的打掉了穆哈辛的孩子吗？"

"如果我这么做了，又怎么样？"

"我只是想知道。"

"我不会告诉你的。"

"你现在真的跟女人做爱？"

"你想让我说什么？不，我没有打掉穆哈辛的孩子？不，我不是同性恋？如果得到这样的回答，你心里会觉得舒服吗？听着，马吉德，你不知道我的身世吗？难道不知道？"

这个天杀的女人，为什么面对我的质问而丝毫不颤抖？为什么她回答得如此坦然自若？为什么她既不崩溃，也不哭？为什么不告诉我，她确实去堕胎了，也确实跟女人在一起，因为男人在她的生命中只带来了彻头彻尾的失望？为什么她看起来还是那么坚强，比我还要坚强？

"听着，如果我告诉你，我夜夜借酒消愁，我的内心已经破碎不堪，你是不是会很高兴？但事实并非如此。也许几年前我会这么做，只要一提起过去就忍不住哭，但现在有些事情已经改变了。我不知道是因为时间，还是我自己。但我已经不再是那个被击垮的、被侵犯的女人。我已经不再那样了。"

伊凡继续长篇大论地倾诉着，说当时之所以离开就是不想被任何人怜悯。她要夺回自己幸福的权利。她告诉我，在继父强奸了她之后，她去找过自己的亲生父亲，但是他什么也没说，仿佛根本不在乎。

"我母亲的眼中当时曾流露出悲伤和痛苦，失落中夹杂着冷酷，那种失落让我原谅了她。但是我却没有从我父亲那里得到丝毫的同情，他竟然什么也没说，你能想象我当时的感受吗？我每天都蜷缩在床上，好像等待着继父的侵犯，好像我准备好了被强奸。我每天晚上都发誓，我永远都不生孩子。结果我怀孕了，然后我打掉了那个孩子。我在床上用力地跳啊蹦啊，跳得非常高又从高处落下来，直到筋疲力尽，我母亲进屋发现我躺在了血泊里。见过了死亡之后，我决定离开。"

最初我漫无目的地流浪，不知道去哪里。最后我留在了纽约。在墨西哥有个男人想让我当妓女，我骗他说我可以越境卖淫，他竟然相信了，然后我就逃走了。临走之前，我偷了他的钱。我开始在美容沙龙工作，给那些生活在社会底层的美国女人涂指甲油。但是我想要更好的生活，也遇到很多男人，他们愿意花很多钱，只要我和他们在一起。我总是选择他们中最没有魅力的那一个，因为这种人不自信，所以他们愿意付出更多来取悦女人，以弥补天生的缺陷。

有时，我觉得自己也爱上了他们。但是这样的爱情，仅是为了自我满足。我爱他们，只是为了得到我想要的东西。我从来没有因为失去尊严而在深夜流泪，我也从来不在意那些女人必须为爱献身的传统观念，贞洁烈女的故事不过是虚假传说，我从未想过向任何人忏悔。我只想攒很多很多钱，然后就可以有安全感。

但是当钱越来越多时，我的欲望也变得更多。我觉得自己仿佛一只脚在天堂，另一只脚跨入了地狱。

然后我遇到了迈克，事情就变得不一样了。我爱他，就像那些男人在乎我那样地爱着他。

　　可他总是带着别的女人的味道回来，我为此哭了很多次。我不知道这是因为嫉妒，还是因为觉得自己可以被替代而感到自卑。我一直都觉得自己是最美、最有力量、最有吸引力的，但他却抛下我，去找别的女人。

　　我试着假装不知道一切，而继续和他在一起。但我真的被折磨疯了，我对他保持坦诚，告诉他我过去所有的悲惨经历。我不知道他为什么不善待我，我曾以为他会补偿我所失去的一切。我背叛他，只是为了报复。当我跟别的男人发生关系之后，我会立刻把他们赶下床，报复也到此为止。我每天都想离开，却知道我已离不开现在的奢靡生活。我不知道这是否跟钱有关。我曾经想，不管用什么办法也要抓住迈克，让他不再出轨，回到我身边，对我说他再也找不到像我一样的女人。也许这就是我所等的。

　　我从来没有怀过他的孩子，你不用担心了。我每天都在吃避孕药，从未间断。我答应了自己，绝不怀孕，绝不生孩子。这个决心比任何对爱情的渴望和幻想都要强大。当我离开时，我多么希望这一切可以结束，我的爱，我的恨，我的厌恶，我希望成为他唯一所爱的心愿。我当时觉得自己已经崩溃了，只想忘却所有。但我还是想让他痛苦，所以开始折磨他，让他尝尝我饱受的煎熬和迷惑。我要让他感到被征服，所以我编造了这个谎言。他是你的朋友，你现在可以告诉他真相：从来就没有什么孩子，是我编的一场游戏，而现在都结束了。

　　我没有问她，为什么现在要结束这场游戏。她亲手把他关进了牢笼，为什么现在又要把他释放？可能，她是想放过自己，真的摆脱他。她已经不再在乎他，也不需要再折磨他了。想要结束这场游戏、重新开始人生的渴望闪现在她的眼中。她找到了一个新世界，那就是表演。她说她现在觉得，全世界都已经认同她是一个明星，她已经是个大人物，就像她一直以来梦想的那样，过去所有的失去和不幸都已经得到了补偿。

伊凡把手放在自己的嘴上，好像要阻止这场对话继续进行，仿佛在某一瞬间她觉得自己说得太多了。我没有再追问她，她跟那个女导演是不是像绯闻中说的那样真的相爱。她已经足够坦白了。

她保持着这个动作，用手捂着嘴，眼泪却开始在眼中打转。

"我祖母曾经说过，她会被许多人欺负，没有人来主持正义，他们也不会承认自己的罪行。这就是美丽的女人无法逃脱的命运。好像祖母提前就知道了一切。"

她噙着眼泪微微一笑。我靠近她，试着拥抱她或者安慰她不要害怕。她用另一只手指着我，握住我的手，说道："那些从未见过幸福的人，在幸福降临的时候，会感到失去幸福的巨大恐惧。最近这段时间里我很幸福，我也不知道自己为什么会哭。我只想告诉你，从痛苦中解放出来的感觉很好，我们值得拥有这种自由，我们已经在荆棘之上行走太久了。不要放弃海伊莱达。现在，我要迟到了。很高兴跟你见面，我的朋友。"

她跟我告别后便离开了，剩下既震惊又不知所措的我。我是否应该打电话给穆哈辛，告诉他伊凡从来没有怀过他的孩子？我是否应该给海伊莱达写信，告诉她，她是我获得幸福的机会?

　　没有,我什么也没做。我要了账单,付了钱,然后独自
回家。

7

结束与伊凡的谈话之后，我的耳边一片嘈杂。我好像看到了她继父强奸她的画面，仿佛听到一个接一个的耳光落在她的脸上，而她在哭。一幅又一幅不忍目睹的画面压在了我的胸口。

我甚至觉得她跟我们一样，也是大屠杀的幸存者。满身的鲜血，啊，那从未有人清洗的鲜血。"你求助于他们中的某个人，认为他会公正地对待你。""但他们永远不会承认，是他们欺负了你。"她的这些话仍在我耳边回荡着。在这愚蠢的生活里，没有两个人是绝对平等的。你只是在一片沼泽之中伸出了手，然后起身跑向远方。所有这些我们在西方社会所听说的公平，不过是建立在别人的尸骨之上。

难道美利坚的土地不是建立在印第安人的尸体之上吗？但是他们胜利了，制造了传奇，并且变成了传奇本身。那么我们呢，除了写长篇散文诗，还能做些什么？巴勒斯坦人拿起了枪炮，然后分崩离析、散落四处。我们把枪口瞄准了自己。整个世界都背弃了我们，我们开始寻找自己的祖国，但我们失去了属于自己的权利。现在我们还有什么呢？

当我在伊凡身边，听她诉说的时候，我能闻到她身体的味道。可以说，她现在拥有的奢华生活是她唯一的胜利。可她的身体仍然是破碎的，时间也不能把它修复。她凭借荣华富贵获得了胜利，而我的胜利，则是变身为一个在帝国大厦的九十九层拥有办公室的成功人士。人在这个高度的视野是完全不同的，它具有欺骗性，总让我觉得自己是一个坚不可摧的男人。但实际上，我只是一个无国可归的人。

美国人也一样，他们站在全世界的支点上，用手指操控着它。这种控制力带来的快感是多么强烈。他们的背后是井然有序的公民，不像阿拉伯人的背后只是一堆空洞的口号。他们之所以如此有秩序，是因为他们的生活体面富足，没有危害他们的事情发生。如果像我们一样失去了基本的权利，他们还会这样和谐有序吗？

伊凡的身体逐渐在我眼前消失，取而代之的是海伊莱达的身体，年轻鲜嫩，柔软美好。这身体被我撕碎了多少次？有多少次我把它埋在双腿之间，直到它变得瘫软？有多少次，她在我的身下呻吟喘息？"我想要你要我，现在就要！"她求爱的喊声是那么动听。对一个男人来说，没有什么比一个女人发疯般的渴望更加诱人。她在产生快感的时候总会放声大笑，好像已经得到了世界上最美好的东西，那银铃般的笑声萦绕在房间的每一个角落。

我走进海伊莱达平常练习跳舞的房间，看到她挂在房间中央的玛莎·格雷厄姆[1]的照片。

"海伊莱达，这个女人是谁？"

"玛莎。"

---

[1] 玛莎·格雷厄（1894—1991），美国现代舞奠基人。

"哪个玛莎？我应该知道她吗？"

"玛莎·格雷厄姆，她是现代舞的奠基人。一位非常出色的女性。你觉得这张画放在这里合适吗？还是我把它挪到另一面墙上？"

"不用，它在这儿看着很好。"

她笑了，然后给我讲了很多玛莎·格雷厄姆的事情，关于她如何开始舞蹈生涯。"你知道吗，现代舞其实是对芭蕾舞过于单调的反击，当时他们想拥有更多的自由。我不喜欢芭蕾，也许它有独特的魅力，但是我讨厌一切跟规则有关的东西。"

她说话的时候会手舞足蹈。她告诉我玛莎·格雷厄姆的人生经历，告诉我她编排了多少支舞蹈。她非常慷慨大度，从来没有责怪过那些借鉴甚至抄袭她编舞的人。

"我从小就喜欢这个女人，读了很多关于她的东西。"

玛莎·格雷厄姆结过婚，并疯狂地爱着自己的丈夫。离婚后，她得了抑郁症。"她太思念他了，以至于觉得所有的舞蹈都是她和丈夫一起跳的，一旦看到别人跳相同的舞蹈就会放声大哭。我不能理解为什么一个男人会离开像她这样的女人？但是后来她又重返舞台，起死回生。"

海伊莱达一打开话匣子就说个不没完没了，像一团热情的火焰，永远不会冷却。她是那么的热烈，以致随时都可能被点燃。我必须要承认，这让我担心她不能像普通女人一样对待爱情，她不是那种可以每天在家里做好晚餐、等待丈夫从咖啡馆回家的女人。

爱上一个有悖传统的女人，是一件极其危险的事情，因为你会觉得自己的男性魅力受到了挑战，不再处于中心位置。她不像普通女人那样需要自己的丈夫，比如用顽劣的孩子来威胁他，或者向他讨要家里的开销。跟我在一起的时候，她从来不会在女性朋友或者家人面前炫耀我。因此，我也许需要一个理由，解释她为什么待在这里，但我并没感觉到爱的自私。如果没有这些社会公认的标准，你很难相信爱情真的存在。

她曾经说，我是她的伴侣和爱人。但这能否让她留在这里或永远留下。她毕竟是自由的，这让我彻夜难眠。对我来说，她去贝鲁特是一个巨大的威胁，好像意味着某一天她注定会离开我。

我静静地关上房门，躺下睡觉。就在那天夜里，我不再对未来将要发生的一切感到害怕。也许是因为听了伊凡的一番话，我希望自己跟她一样。"告诉迈克，那个所谓的胎儿，从来没有存在过。"说出这句话的时候，她已经完全释怀了。从那天晚上开始，我不想再惩罚离开我的海伊莱达，也不想再让自己站在战场上。我只想紧紧地抱住她，直到我们两人沉沉睡去。我不再等她像我期待的那样来敲门、告诉我爱会战胜一切。我不知道，假如爱的对象变成了国家，它是否还能百战不败。

8

玛丽莲接到了美国军方官员的电话，叫她去他的办公室。起初她以为，这是因为她一直在批评美国政府卷入第二次海湾战争。然而她没想到，最终等待她的是一只未拆封的信。

"我打过招呼后，便在他的办公室坐了下来，我以一种挑战的眼神看着他，仿佛表示我决不收回反对美国参与战争的立场。他并没有质问我的观点，而是开门见山地告诉我，他们在伊拉克找到了一些尸体残余，进行了 DNA 检测，并把监测结果跟约翰亲戚的 DNA 样本做了比对，最后的结果是吻合的。"

"女士，你的丈夫在多年前就已经离世了，我们在科威特沙漠找到了他的尸体。我们对您失去丈夫感到非常遗憾，但您的丈夫是为国捐躯，他履行了国家职责。请接受我们最真诚的哀悼。"

"碎片，尸体，约翰在哪里？"

她当时就是这样回答那位军官的。除此之外她没能说出更多。玛丽莲说她一直在寻找结果，但当那位军官把结果给她的时候，她却觉得时间仿佛被按了暂停键。

"不知道为什么，我没有哭。很多年以前他就已经被列在了死亡名单里，而我却不知道。但当我知道的时候，却哭不出

177

来了。"

她说，死亡在灵魂里制造了一个黑洞，哭泣有时候会变成一种神经反应，因为打击太大了。很多时候，人们在受到打击时的反应也是无法解释的。悲剧已经超出了可以承受的范围。

对玛丽莲来说，战争、死亡和失去，这所有的一切都发生得太快了。在那具被遗忘在沙漠中的尸体被找到的那一刻，时间静止了，只留下许许多多的问题和疑惑。伴随着这种迷茫，痛苦每一天都在累积，人仿佛站在深渊的边缘。多年以来，玛丽莲就一直站在悬崖旁边，直到她的身体变得麻木，当她就要摔下去的时候，死亡却并不回应。他沉默着，仿佛需要更长的时间才能醒来。

自那时起，我的这位美国女性朋友就变得异常安静，不仅是安静，甚至是沉默。不仅因为突如其来的死亡通知，还有之后要面对的岁月。自此之后，我们失去的人将永远缺席，我们与他相处的时间是如此的短暂。这种力量可能会改变你，把你变成一个叛逆而愤怒的人，或是一个对尘世无欲无求的人。

自那时起，玛丽莲的床便可以接受各种可能。她可以迎接任何她喜欢的人，也可以建立新的关系，不必因担心约翰还活着而不敢陷入爱情。但是她真的能做到吗？为什么在确认了丈夫的死亡之后，她依然觉得不能背叛他？

在丈夫的下葬仪式上，玛丽莲表现得仿佛他刚刚去世。当天，她发表了悲痛的致辞。

我亲爱的约翰：
　　我不知道你现在能否听到我的声音，我也不知道我们能否责怪已经死去的人。在这个没有你的地方，我只能独自一人。虽然你已经加入了战争，但这件事我从未同意过。如果你当时听了我的劝告留在这里，也许这一切便不会发生。你现在躺在棺木中，也许我不应该再去责难你，或请求你不要离开，但是请原谅我，亲爱的丈夫，失去你的巨大悲痛让我无法顾忌人伦道德，让我不能保持爱心和同情，我无法这么轻易地接受你已经不在的事实。我无法变成一个臣服于命运的人，也不能相信所有这一切都是上天注定的。当看着两个失去了父亲的孩子的脸，我每一天都觉得自己是多么地需要你。生活在继续，但再也不会和你活着的时候一样了。

我爱你

妻子的致辞让出席葬礼的每一个人都流下了眼泪。当我听到她致辞的声音时，我感觉她的嗓子仿佛被撕裂了，就像有很多匕首在切割她的身体。她走近他的坟墓，放下一束鲜花，然后在面前画了一个十字，便缓慢地走到外面，每隔一会儿就转身回望墓碑，如同生者之间的告别，难舍难分。

9

　　第二天当我打开电子邮箱的时候，我收到了一封来自我的表弟穆罕默德的信。那封信非常长，内容是这样的：

　　玛丽嫁人了。那扇我总是偷看她的小窗，已经紧紧地关闭了一个多礼拜。我快要疯了。我跟所有人打听她，但是谁也不告诉我。我去她哥哥的店里，跟他吵了一架。他打了我，我也打了他，他威胁说如果我再靠近他的店铺或者他们家，就把我送去警察局。就在昨天，他们打开了那扇窗。我看到房间里有很多女人，她却穿着白纱。我靠近窗边，看到只有她和姐姐在房间里。她的姐姐看到我后，就关上了窗。我想跟他们所有人都大干一架。但我只是待在自己的房间里，听着很多车按喇叭的声音，我没有看见她是如何走出房子的，只听到了女人们庆祝的口哨[1]和欢呼，那是多么可怕的声音。难民营从未如此黑暗过。那些欢乐的声音，那些聚集在她房间里的女人们，她们的脸上都抹了过多的香粉胭脂和过于鲜艳的口红。

---

[1]　阿拉伯女人在庆祝时用舌头发出的一种声音。

180

这个将要持续一周或者两周的婚礼，到底算什么？一个倒霉的、已经移民的男人带走了她。那男人是她们家族在非洲的一个亲戚。这就是我对他的全部了解。我没有见过他，也不想见。我情愿这个带走她的男人在我的脑海里是没有样貌的，也许这样我的悲伤和失落就会少一点。你可能会想，这段'窗户之恋'算什么？也许你觉得我很傻。但这就是发生在难民营里的爱情，少女、紧闭的窗和失望。它肯定不同于美国人的爱情。我一直在等待故事的结局，然而等它真正发生的时候，我却异常平静。你不要笑，当我待在房间里向现实投降的那一刻，仿佛是在亲吻失败。我现在不再去看她的窗户了。不要问为什么我给你写信，为什么写给你而不是别人。如果在这个夜晚，我跟其他年轻人坐在一起，我将变成他们讽刺和挖苦的对象。因为你在遥远的地方，你看不见我，我也看不见你，所以我能轻易地向你剖析自己。这里的年轻人都很善良，他们在难民营长大，每晚都会聚在空地上生起火，并在火上放上水烟壶，烤香蕉和板栗。我不知道你是否喜欢这样坐在一起聊天。那就写信告诉我纽约是什么样子的，以及那里的年轻人是如何打发时间的。

读毕穆罕默德的来信，我笑了。他是多么淳朴和年轻啊。我不知道该如何形容他，感觉自己对他有一种父亲般的关爱。我发现自己已经在信中邀请他来纽约。

我亲爱的穆罕默德：

　　不要为这个女孩的婚事而伤心了。没有人知道等待她的命运是什么。来纽约看看我怎么样？你是否可以想办法办理美国签证？我可以替你担负所有的费用，让我们看看如何准备材料。这样你就可以亲眼看到纽约了。

　　　　　　　　　　　　　　爱你的马吉德

当晚我就收到了他的回信：

　　你知道你在说什么吗？这对我来说就像是做梦一样。我会去准备材料，我无法描述我有多么开心。我觉得自己好像得到了重生。

　　我想为我的亲戚做一点好事，我与他们经历着相同的命运，但我的生活却比他们优越得多。我想起父亲说过的话，他总是嘱咐家里人不要和难民营里的人们切断联系。他总说自己非常了解他们的苦难。"他们所有人都在说巴勒斯坦，巴勒斯坦，但是没有人爱巴勒斯坦，如果他们爱，为什么还离开她？"他曾经这样反复地说着，带着失望的情绪。

　　为什么谈论困难总比面对它要简单？我们人类需要见证其他人的苦难吗？当你看到生活中有那么多人失去生命，看到某些人的命运比我们还要悲惨时，会产生快感吗？难道觉得我们生活得没有那么糟糕吗？我们是令人厌恶的民族吗？为什么阿拉伯国家没有打开国门迎接我们？我们是不被承认的民族吗？为什么当人们提到我们时总是以偏概全？难道就没有好的巴勒斯坦人和坏的巴勒斯坦人的区别吗？

表面上，很多人都自称同情我们的遭遇，但是在议会以外的地方，他们又是什么态度呢？我们已经被贴上标签，被认为是一群有攻击性的人；因为我们四处流散、无家可归，他们可以轻易地把任何罪名加到我们身上，甚至某些关于我们的英雄事迹也不过是在消费我们的痛苦。如果所有人都明白什么才是对巴勒斯坦的爱，那我们可能已经成了这个国家的主人。但这个世界并不想帮我们解放国土，国际社会也只能给我们帐篷、床和被子。我们应该自救，找到新的出路。

我希望穆罕默德能把所有的不快都抛到脑后，但我也知道，即使他生活在这里也无济于事，因为他忘不了过去的一切，他当初经历的苦难会一直折磨着他。他也终会明白，我们"属于过去的民族"，因为我们丢失了存在的证据。前途未卜的我们，活在世界的缝隙里，尽管我们坚韧地与生活抗争着。我们怀着希望创造"新的过去"，但我们的记忆依然悬而未决。因为巴勒斯坦人，不愿放弃回家的希望。

第四章

1

海伊莱达

当你决心踏上一片阔别已久的土地——生你养你的地方时，是需要极大的勇气的。你不仅要重拾过去的记忆，还要在那里挖地三尺，寻找对错。我在成长中养成了一个习惯，就是我无法原封不动地接受事物。也许，如果我能够成为我本应成为的样子，事情就会简单得多。但我再说一遍，只是也许。

我坐在靠近飞机窗口的位置，高空中的云海看起来就像是一张柔软的床，我仿佛可以躺在上面，甚至能用云彩盖一座永不消逝的房子。随后我又觉得，这张床不过是一个假象，就像是我的国家。如果我真的鼓起勇气这么做了，就会发现这洁白柔软的床不过是凝固的水蒸气，我将会直直地坠落到地上。

我知道，我回来会让你非常生气，你也许会害怕失去我，就像是树叶害怕留不下清晨的露珠。但如果你稍微想一想，我有多么爱你，你就知道我必然会回到你的身边。有一些人离开祖国家是为了逃离，而我不想和他们一样。我不想切断自己的根，去做一个崭新的女人。我只想知道，为什么我会离开，我在未来某一天会不会落叶归根，或者这一切都已不再可能。

当你逆着根生长的方向行走时，便会遇见一件奇怪的事情——你会颤抖。有时候也会想象自己的身体正在发生改变，仿佛将它从内心中拖出来并让它重生一样。这种疼痛的过程就像是一场通往未知的旅行，甚至你也不知道自己为什么要这样做。有时，你疑惑是否还有其他的选择，让你可以更清醒地面对它。你能够成为一个优秀的舞者绝非偶然，因为你为此承受了许多不为人知的疼痛，正因如此你才变得有能力握住身体的缰绳，从而控制它每一块肌肉，柔软而灵巧地弯曲四肢而不觉得疼痛。

舞蹈练习使我不得不挑战自我，仿佛还有另一个身体在等着我，甚至是很多个身体。我坚信，只要我打破了第一个障碍，它便不再阻碍我。当你从内心的束缚中走出来时，就会有一种如释重负的感觉。

在经历了所有的辛苦和疼痛之后，你觉得自己就像是坐在自家的窗台上，在清新的空气中自由地呼吸。当你想象着身体变成一幅画的时候，便能露出微笑。因为你天生就懂这门艺术。

舞蹈是我的灵魂。我希望人生永远停留在音乐响起的剧院舞台上。这样，回去便不再痛苦，因为当我想再次离开的时候，生活便不再缺少选择。

我原本可以质问、算账和指责，但我不是为了这些才回来的。我回来是因为我想理解你，马吉德。我想知道我为什么爱你，难道因为你能证明我是一个有爱心、愿意付出的女人？还是说爱本身就是答案，而无须理解所谓的原因？我要回来，还因为你害怕我会回来。我想告诉你，如果你决定让我成为你的一部分，那你就会明白我一定还会离开，并再次回到你的身边。

疼痛有时会让我们觉得所有事情都已摆在眼前，我们有权向任何事情寻仇，会为了毁灭而毁灭，会反问自己到底哪里做错了。疼痛是一种诱惑，这种诱惑会让你不想结束这悲剧。

我已将我们爱情的期限设置为永远，就像你认为我们应该相爱到死一样。你总认为我会离开你，我们的故事会以悲剧结尾。但我不是美国人，也不是犹太主义学者，我只是一个渴望和你在一起的女人。所有跟你有关的细节，你衣服上的味道，你早上喝咖啡的香气，我都早已牢牢地记在了心里。

我在纽约的时候，你总是缺席我的演出，拒绝看我跳舞。一开始我以为是你身体的问题，所以我向你道歉。但突然有一天我感到非常伤心，因为当我哭的时候，你不在我身边。那时候伊凡对我说："海伊莱达，你有没有想过，你把向上帝道歉，换成向你的爱人道歉，而这两种歉意可能都是不对的？"

她之所以这么说是因为她觉得我不愿向你坦白而难过，但真正的原因是我无法原谅你的缺席。我知道，要求你做伤疤消除手术确实有困难。因为你觉得消除伤痛，就等同于抹杀事实，对你来说悲剧不应该结束。然而，我只是希望你可以为了我而稍微做些改变，希望你相信我对你的爱是超越任何身份和定义的。

我有时是个爱跳舞爱笑的幽默女孩，你非常熟悉我的这一面。但我还有另一面，当你要求我从镜子中观察自己身体的时候，我看到了它。那是我另外的可能性，黑暗中的光辉，从外面包围着身体的疼痛。

所有这些都让我对自己产生了许多疑问。跟你在一起，让我长大了，也让我变得成熟。我变成了一个女人，所以我想用成熟的眼光来审视过去。这个被你唤醒的女人，既是你的悲剧，也是我的悲剧。如果我不让她看清自己就把她埋葬，那这将是无法被宽恕的罪过。

你对我出生的地方几乎一无所知。当我试着把你当作我的家庭成员时，你却变成了一个永远无法融入的点。我是那个政权组织的一部分，我们是活在家族荣耀和政党光辉下的人。

我们（我把自己和"海伊莱达"排除在外）作为那个特殊群体的一部分来与之对话，代表黎巴嫩马特尼地区 ① 的马龙派基督教家族。我们觉得黎巴嫩，这个伟大的国家，总有一天应该只属于我们，所以我们为此而战斗着。

在我的人生中，村庄族长和家族先贤们的身影一直跟随着我，类似你感觉到的"九十九层的诅咒"。这样的高度有一种致命的诱惑，但同时也让你无法贴近生活。我属于那一类优越的、出类拔萃的女孩，上下学有司机接送，所有的老师和修女都认识我的父亲，并对他致以崇敬的问候。

我从来不知道难民营里的人遭受着什么样的苦难，你所说

---

① 马特尼，Matn，黎巴嫩六大山区之一，地理范围北起凯勒布河，南至贝鲁特河，西起地中海，东至萨尼尼山。

的那些关于他们的事情，我一无所知。曾经，我在生活中选择的机会非常少，甚至几乎为零。那些你说给我听的人们，对我们来说都是无关紧要的陌生人。

每个星期天我都去教堂，跟在母亲身后，坐在她的旁边。当她向耶稣祷告的时候，我会仔细地观察，然后模仿她的样子祈祷。我是一个基督徒，有一种与上帝亲近的感觉。而在教堂这样的空间里，你觉得自己可以靠近或者远离圣坛，可以直接与耶稣对话，并有能力去乞求他的宽恕。

其他人对我来说仿佛来自陌生的星球，我对他们一无所知。要不是学校里有些女生说些关于穆斯林的事情，我可能都不知道除了基督教之外还存在其他宗教。我也不明白为什么此刻我会写这样一封信，对跟我一起生活了两年多的男人做自我介绍。也许，他已经开始了解我。

但是，你知道吗？在纽约的时候，我不再是那个娇生惯养的基督徒少女。我只是海伊莱达。我说这些在你看来一定很可笑，就像一篇脱离现实的、诉说特权之苦的做作的小说。但是，我也有自己的悲痛。我所生活的黄金茧里，所有的一切都用价值来衡量，父亲还有其他的家族成员认为他们是高于一切的。父亲给他的小女儿很多很多爱，胜过他的大女儿，因为她曾经损害了家族的名誉。

我从未跟你提起我的姐姐马蒂尔德，并不是羞于开口，而是因为我觉得我们姐妹之间的感情很淡漠。我的姐姐不爱我，也不能说她不爱我，应该说某种程度上我是她的竞争者。我们之间有巨大的裂痕，这个裂痕并不是外人造成的，也许是父亲无意中造成的。我再说一遍，这只是"也许"。

这里的女人曾经都说她是最美丽的少女。她的那双大眼睛是蔚蓝色的，像挂在漆黑夜空中闪亮的星星。她的皮肤洁白无瑕，柔软细腻得如同海滩上的白沙，她波浪般的金色卷发一直垂到腰际。当村里的老人们说起美女的时候，都会拿马蒂尔德作为例子，在描述完她的美丽之后，大家紧接着会叹一口气，并带着悲伤的意味："多么羡慕她啊！"我敢发誓，这句对年长我十二岁的姐姐的赞叹，我听过不下一百遍。

记得小时候我看着她，仿佛她就是传奇故事里的女神或童话世界的女主角，像是迷人的辛德瑞拉、睡美人或是莴苣姑娘。我的姐姐，她拥有所有这些美好的特质。长大后，我就要成为跟她一样的女人，她是我最高的目标。我总是模仿她，趁她不在家的时候偷穿她的衣服，把她那摄人魂魄的香水洒在自己身上。

我对她有一种敬畏感，或者说为她着迷。我跟一个童话故事里的少女同住一个房间。她梳头发的时候，我会看着她的秀发如瀑布一般流淌下来，有时候我会请她替我梳头。那时候，她对我非常好，尽管因为年龄的差距我们玩不到一起，但曾经的她温柔而风趣。

她不仅在家里有着特殊的地位，而且在父亲的心里也举足轻重。他曾经热衷于炫耀她，就像他炫耀自己的长枪和土地一样。而她也总是尽情地享受着生活，尽情地跳舞、唱歌、大笑，有时还会和大人们一起喝啤酒和葡萄酒。她学开车，准备上大学，因为黎巴嫩政局动荡，所以她计划去国外深造。

她有很多朋友，男的女的都有，有些常来拜访她的男人也是长枪党的战士。她喜欢穿短裙和紧身衬衣。她就像一扇窗户，让人看到鲜活的世界。有很多次，我把纸巾塞到胸口，让胸部看起来像她那样丰满，我也会涂上口红，让嘴唇像她一样娇艳如樱桃。她曾经就是我的全部。

突然之间，夜晚开始变得漫长，我看到马蒂尔德的床一直是空的。我在夜里一个人哭醒，会看到她在床上睡觉的时间越来越少，我的姐姐对我的态度也变了。她不再像以前那样友好亲切，而是变成了另外一个女人，我也不明白为何如此。

没过多久，马蒂尔德的床便从卧室里消失了，一些工人把它搬走了。房间里只剩下一张床，空间也随之变大。那天，父亲说这间房从此就属于我一个人了，我可以有更多的空间放东西；他还会在曾经摆放马蒂尔德的床的位置给我添置一张画画的桌子。

当我问马蒂尔德去了哪里时，父亲的脸色立刻大变，并让我不要多嘴。他对我说："你可以独享一个大房间，我会用新玩具把它填满，贝拉，你应该高兴。"

我努力地露出笑容，希望自己看起来是高兴的，就像"贝拉"应该有的样子。我曾经暗自窃喜，因为父亲每天都给我买来新的玩具，忽然之间，我在家里变成了一个集万千宠爱于一身的女孩。甚至在父亲的授意下，钢琴老师也在课后给我开小班。

我以为自己的头发变长后会像马蒂尔德的头发一样变成瀑布，直到那一刻，我都不知道姐姐去了哪里。她没有死，因为没有葬礼或者来家里吊唁的人。她变了，然后就消失了，就像是传奇和神话故事里的女主角，发生了某些事从而让她们的生活有了颠覆式的改变，或是落入了坏人的魔爪。

除了姐姐之外，我还有个比我大三岁的哥哥。你能相信他在忙什么吗？他在准备参加竞选，他是父亲在党派和政坛中的继承者。父亲也想获得部长的职位。村子里的氛围就是如此，这个国家的战士们也是如此。他们的厮杀从战场上转移到争夺权利的漩涡。

一开始，他没想过改变原来的联盟，也不愿意和他过去认为是不容置疑的事情和解，而现在事情却变得不一样了。我哥哥往返于"我们的先生"那里，这个身份神秘的男人，我对他一无所知，但他却说荣耀会再次光临这个家族，并且不可限量。

"贝拉，贝拉，你很快会知道一个好消息，一个惊喜！"父亲这样对我说，他摩擦着双手，仿佛随时准备迎接他的战利品。每次结束和哥哥的闭门会议之后，他就会重复这个动作。最好的结果是他可以成为部长或者总统，他总是说他会为了祖国献出生命。有时候他会抱起家里的小孩——阿斯阿德，对他说："爷爷会让你们看到什么是荣誉。"

在我们家，还有很多亲戚住在这里。叔叔乔尔吉、婶婶和他们的孩子，也跟我们一起住在同一座房子里，他们住在二楼。其他的亲戚们也都住在同一个村子里，有的在附近，有的在稍微远一点的地方。所有人互相都认识，并在村子里形成了一个连成片的大型居住区。

但是我家的房子是最美的，就像宫殿一样华丽。黑色的大铁门外站着卫兵，周边围绕着宽阔的小花园。战事一旦变得严峻，未经允许我们便不能出门，即使外出也要有卫兵陪同。马蒂尔德是我们之中唯一拥有自由的人。我们经常看到很多人在家里进进出出，不过大多数都是军人。

村民们总是给我们送来不计其数的礼物，有些人送来做好的饭菜和干果，有的人送来葡萄酒。女人们则会带着玫瑰水来拜访我的母亲，让她品尝她们在家里做的美食，仿佛是在比赛。

"玛丽女士，你尝尝这个，谁做的代布赛①好吃，我的，还是苏阿黛的？"

我的母亲总是小心翼翼地让每个人都感到满意，她可能会夸这个使用的原材料，然后赞许另一个做的酸奶。在马蒂尔德消失后，母亲总是给我穿上最漂亮的衣服让我跟这些来访的女客们见面，但她们几乎从来不带自己的女儿来。

"以耶稣之名，这个姑娘怎么能这么美！"我总是听到这样的赞美。

但母亲不知道，我还是听到了她们对姐姐的非议，当她到厨房或者库房里放东西的时候，当她让露易丝帮她们做咖啡或者吩咐她做事情的时候，她们便开始了。

她们的溢美之词突然之间变成了诽谤，她们艳羡崇拜的目光也变成了巡视的眼神。

"没有人再见过她……马蒂尔德去了哪里……有人说她在布哈努斯的疗养院……"

她们所有人都讨论着我的姐姐，而当我母亲回来的时候，她们就瞬间全部噤声。

聊天的话题变成了战争：托尼的母亲在战争中失去了她的儿子；事情未来会怎么发展，我们会不会胜利；东方和西方；还有一些她们根本不明白的东西。直到现在，我也不明白那些冲

---

① 一种装在盘子里的传统烤制食物。

突和政党之争，或者说我只是理解一些皮毛，因为我觉得所有这些都不合逻辑。在我和这些问题之间永远存在距离，我想我应该是在拒绝理解。

我们经历的所有恐惧之中，唯一有意义的就是姐姐的长发。马蒂尔德身上到底发生了什么？她到底去了哪里？那个曾经和长枪党战士们一起吸毒的年轻女孩去哪儿了？她爱卜了一个叫伊德瓦尔德的年轻人，他吃吗啡药片，并让她也染上了这种毒品。整栋房子里没人注意到这件事，他们相信她和那个年轻人只是朋友。

大多数战士都会吃吗啡药片，我父亲是知道这点的，但他不知道这种毒药正在靠近他女儿的双唇。他一直坚信他的儿女们不会令他失望，不会破坏在他心目中的美好形象。所以当他知道真相之后，他失去了控制，而大发雷霆。马蒂尔德也性情大变，整个人形同枯槁。我不知道父亲和姐姐是否发生过冲突，但是后来露易丝告诉我，姐姐被送进了布哈努斯的疗养院，是父亲下令让手下的人把她塞进车里然后送进医院的。

"我永远都忘不了她的脸，她就像疯了一样，挣扎着让他们放开她。她的头发四处飞扬，手舞足蹈。你父亲就站在门口的楼梯上，命令他们把她塞进车里，而不管她如何反抗。那是一辆象牙白色的奔驰轿车。我还记得车的样子和打开的车门。你父亲就站在那里，靠近石墙的位置。他穿了一身黑色的西装，系着深红色的领带，一只脚站在楼梯上，另一只脚踩着大理石，一旦场面失控，他准备随时出手干预。我不知道他为什么不亲自送她，或者表现得稍微温柔一点。他召集我们所有人开会，包括仆人、司机和卫兵，警告我们不能泄漏马蒂尔德的行踪。"露易丝有一次这样对我说。

父亲在村子里宣告因为担心战事越来越紧张，所以把马蒂尔德送到了母亲那边的一个亲戚家。但是很明显，所有人都在谈论她吸毒的事情。大概在一年之后，马蒂尔德回到了家，她剪短了头发，情绪悲伤，看起来总是一副苍白无力的模样。

父亲已做好了准备，宣布她和乔尔吉叔叔的儿子订婚。当时她已经被夺去了意志，仿佛应该在余生中反思自己犯下的错误，好像有人夺走了她的美貌，给她下了诅咒，只要她活着诅咒就不会解除。

在马蒂尔德回来之后，我在家中的地位也发生了变化。我变成了父亲最宠爱的女儿，他对我有求必应。他叫我"贝拉"。但他的爱是有条件的，虽然没有说出来，但我们心知肚明，那就是我必须远离我的姐姐。

我从父亲的眼神中明白了他的条件，我开始冷落姐姐，所有人都这么做。也只有这样，我才能保证得到玩具和糖果，以及所有的特权。我开始觉得她是传奇的另一面，是被扔进地狱的女主角，或者是被关进森林小屋的女巫。从此，再也没有人靠近她。

她也不再爱我。当我父亲不在家的时候，我试着靠近她，但她却把我推得更远。有一次，她非常伤心地请求我靠近她，并把我抱进怀里。她一边把我越抱越紧，一边歇斯底里地大哭。

她希望我怎么做呢？我逃走了，从她的怀抱中逃走了，并惊恐万分地跑到父亲那里。我并不害怕她，我爱她，但我害怕违背父亲隐晦的命令，我不能靠近"女巫"。我无法描述当时的那种感觉，以及我为什么会那么做。我那时还是个孩子，所以害怕失去安全感。

当父亲抱住我，并叫我"贝拉"的时候，他说我没有变。我想告诉他我已经做了他不能容忍的事情。我想告诉他，"贝拉"就像是一条狗的名字，而我不是狗。

我总会紧紧地拥抱姐姐的孩子们，我会在纽约给他们买许许多多的礼物，给姐姐买绿色的围巾，因为这个颜色很衬她的眼睛。当我靠近她，给她礼物的时候，她只是把东西接过去，却不拥抱我。

她对我说："你为什么要破费？"

当我靠近她时，她的右脚便退后一步，她微笑着用这个简单的信号把我拒之千里。

我明白了，我将手越过拥抱的距离，靠近她的耳朵，摸她的耳环。

"我只想看看你的耳环上镶的是什么宝石。"我说道，好像是找个借口，以掩饰我想拥抱她的冲动。

"蓝宝石，这块是蓝宝石。"

我想跟她说这真是一块漂亮的宝石，但这时父亲从远处抱住了我。"贝拉，过来，到我这儿来。"他不等我同意就把我带到了外面，然后给我讲自酿葡萄酒和牛肉酱的事情："你还记得吗，我把牛肉酱揉成小团喂给你吃的时候真是一段美好的时光。"

他用手臂搂着我的腰，一边在花园里散步，一边对我说："你以前总是在这里玩，有很多事情我们可以一起做，我带你去看看土地，还有很多人你需要见一见。"

他不停地说着，不容我回答，并提出一个又一个的问题，然后又把我抱在怀里亲吻我的额头："你永远都是我最宝贝的女儿，现在让我看看你的样子。百老汇，你会在百老汇跳舞，是这样吗？你会让我也跟着出名，你会让他们看到我最好的女儿，绝对是最好的女儿。"

任何人听到父亲的谈话，都会嫉妒我所拥有的父爱。但是对我而言，这样宏大的预言却无异于负担。他其实根本不了解我的艺术，一次也没看过我跳舞。仿佛我只是活在他的想象里，在他的想象之外我其实并不存在。

突然，当我想说话或者对他的某句话提出异议的时候，他的脸就会涨红并发起脾气："像你这样的女孩，不应该问这样的问题，我简直不敢相信。"他的话足以让我保持沉默。

在我的童年和青少年时期，我曾经害怕提问也害怕回答。父亲的话则如同天降，容不得半点质疑。但是现在，当我听到他滔滔不绝地说话时，却在心里充满了疑惑，有时候却不知道该如何理解，好像我回来正是为了记录过去的那些不同意见。

让我改变对父亲的爱戴，是一件极其困难的事情，不管是从社会关系层面，还是在我内心深处。多年以来，我一直认为围绕着我的奢华生活是一种泛滥的爱，但不正是爱才让人们成为他们自己吗？他对待姐姐的方式使我们姐妹分离，当我长大成熟之后，再也无法接受这些。

在去美国之前，我曾多次请求父亲不要再歧视姐姐，并停止对她的惩罚。难道当初不是他允许伊德瓦尔德进入我们家吗？难道他自己不是这场悲剧的一部分吗？他曾经说她让他名誉扫地，所以把她嫁给亲戚来平息流言蜚语，让她永远生活在他的掌控之下。我堂兄也对他唯命是从，"去吧，萨赫尔！过来，萨赫尔！"萨赫尔从未说过一个不字。

萨赫尔负责父亲的财务，跟我们全家住在一起。我可以发誓，他是我们这一代人中，最不可能离开家族的一个人。叔叔所有的孩子，都有一个共同的优点。马蒂尔德想重新赢回父爱，并竭尽所能地讨好、取悦父亲，甚至给大儿子起名时用了父亲的名字——"阿斯阿德"，以向父亲致敬。大阿斯阿德会拥抱小阿斯阿德，带他一起外出打猎，他说要把小外孙塑造成一个男人。但是姐姐的命运却止步于此，一切为了讨好父亲而做的努力都没能换来他的善待，反而留给她的只有压力和难过。

她也不知道自己是否想让儿子在小小的年纪就学习打猎和射击，仿佛他是献给父亲的祭品。

在午饭桌上，我们所有人都坐在一起。乔尔吉叔叔和他的孩子们，我姐姐一家，我哥哥嫂子还有他们的孩子，以及我。露易丝做了我小时候爱吃的各种菜肴，每隔一会儿父亲就举起红酒杯，大声祝酒："为了海伊莱达的健康，为了纽约的一切顺利！"所有人就跟着他做同样的事情，每个人依次举起酒杯，每个人的手都停留在高出桌子一点点的相同位置上。

"为了海伊莱达的健康。"大家说道。父亲放下酒杯，其他酒杯也陆续放下，落回原位，我不知道大家的祝愿是否真诚，特别是姐姐。她说话的方式是机械的，有点像电视剧里的木偶。

父亲一边吃一边谈论着阿布·穆萨酿的当地葡萄酒，村民们都聚集到我家，围在用来蒸馏葡萄酒的木桶旁边。好像只有这样，做的酒才更地道、更有我们家的风味。

"阿布·穆萨酿的葡萄酒，所有人都为了它而来，没有香槟的味道，但是最正宗的葡萄酒，这非常重要。"

所有人都点头表示认同父亲的话。他笑着再一次举起酒杯："为了阿布·穆萨的健康。"

"为了阿布·穆萨的健康。"所有人跟着重复，然后酒杯重新被放在原来的位置上。每个人都安静下来，等待着父亲新的指示。

"你已经不爱吃我们的菜了吗？你为什么不吃呢？一定是纽约的快餐让你失去了胃口！"他这次直接对我说道。

我笑着，用勺子搅拌着汤。

"贝拉，快吃啊，贝拉。这一顿大餐都是为了你才做的。"

我一直在问自己为什么要回来？我在这里做什么？说话的时候，我甚至想用英语来代替忘记的阿拉伯语词汇，有人批评我这么做是故意的。但是我已经在远方生活了六年多，我已经不再是原来的那个海伊莱达了。这就像是我从一个小女孩变成了一个女人，每次和你做爱时都会直视镜子中自己身影的女人。

我为什么要回来？是为了谴责父亲吗？跟他算旧账？向姐姐表示迟到的歉意？我过去是否真的伤害了她？为什么我不能陪她在花园里散步，像两个成年人那样聊天？我回来是为了看我们多么相似吗？是为了唤醒痛苦吗？为什么大家看起来都像是陌生人？上帝啊，他们的表情为什么都如此沉重，甚至比我记忆里的还要严重。

只有露易丝温柔地看着我，好像她知道我心里的全部想法。在这儿，有些人从童年时就跟你生活在一起，但是他们不是你的家人或者亲戚，他们对你的感情跟家人不同，他们不会期望从你身上得到什么。你不是他们的一部分，也不是他们生命的延续，他们只想看到你原本的样子。做你自己，这就是他们想要的。

只有在露易丝面前，我才能变回那个小女孩。因为她能看懂我眼神里的秘密，知道我心里在想什么。她知道一切，知道自我童年以来这座房子里所有的秘密：父亲藏武器的地方、母亲保存珠宝的地方、庭院里的每一株玫瑰的花龄、家族的历史，还有村子里人们谈论的流言蜚语。她就像个带锁的盒子，里面装满了故事，谁也不知道何时打开，从锁眼里也窥探不到任何东西。

只有在露易丝和疯乔治面前，我才感觉自在，像孩子一样大笑。疯乔治摘了花扔向我，我也如法炮制，我们大声欢笑，好像两个人变得一样，已分不清谁是疯子，谁是正常人。我喜欢大笑和嬉戏，喜欢沉浸在欢乐中，远离那些令人困扰的问题。

我从来都不讨厌我们的村子，相反我非常爱这里，爱这里的土地、天空和岩石。如果不是因为我曾与这片土地亲密接触，我永远都不会懂得生命的美好。小时候，母亲不允许我穿着脏衣服回家，她要求露易丝帮我清洗干净。

"妈妈，你可以给我讲一个睡前的故事吗？"

"今天不行，我亲爱的，我有点累。"

"求你了，妈妈。"

"好吧……很久很久以前，有一个小公主，她叫海伊莱达。"

"她的头发长吗？"

"啊，是的，她的头发很长，一直垂到腰际。"

"就像是马蒂尔德的头发那样吗？"

"是的，就像马蒂尔德的头发一样。"

"妈妈，姐姐什么时候回来？"

"我的小宝贝，不要再问了，不要再问了。漂亮的小女孩是不会一直追问的。"

"但是，妈妈。"

"好了，好了，让我们说天父与和平，然后你就会香香地睡着了。"

"但是，妈妈。"

"天上的天父会赋予你神圣。"

"天父长得像爸爸吗？"

"啊，海伊莱达，这是什么问题啊？快点安静地祷告，然后睡觉。"

每当祈祷的时候，我都会紧紧地闭上眼睛，仿佛这样我就更加虔诚。有时候我会大声地郑重地祷告，在镜子面前，闭着眼睛，希望父亲或者母亲能听到我的祷告，然后过来拍拍我的肩膀："但是我们会为魔鬼疯狂……你的灾难……"我的声音越来越大，露易丝却在旁边大笑起来。

在那个曾经会奔跑着投入父母怀抱的小女孩，她怎么了？那个总是在父母中间画着全家福图画的小女孩，她怎么了？我怎么了？我为什么回到这里，难道是为了挖开尘封的坟墓？为什么一切都跟原来不一样了？父亲高举着酒杯，姐姐依然悲伤，母亲忙着巩固她的社会地位，我几乎看不到接手了父亲工作的哥哥，他指挥着破败的政党，我们为自杀而亡的伯父举办纪念仪式。为什么我要回来？看到这些我就满意了吗？

"妈妈，你来看看我的画。这是我，这个是爸爸，你在这里，你拿着气球，因为我累了。那边是乔尔吉叔叔的孩子们。"

"天上的是什么？"

"是法利德伯父的眼睛，还有他的小女儿。他们跟天使在一起，在天上看着我们。"

"啊，我的小宝贝。"

"妈妈，法利德伯父还会回来吗？"

"不会了。"

"婶婶去哪里了？"

"回她的城市了。"

"为什么她不留在这里，跟我们在一起？"

这个问题没有答案，我所有的问题都不能在母亲这里得到答案。我也不知道为什么跟母亲在一起的时候我总是有很多问题，而跟父亲在一起的时候就不会这样。客厅中央的位置上挂着一张法利德伯父的照片，照片里的他戴着厚厚的眼镜，这是我们家唯一关于他的可以触摸的纪念。除此之外，就是每年都会举办的追忆仪式，但是他的遗孀从不出席。

当我长大之后，我的问题也越来越多。母亲依旧拒绝回答。我只能道听途说：法利德叔叔在开枪杀了三个巴勒斯坦战士之后自杀。他回到家后不久就杀了自己。而他的妻子在整个故事中完全消失了，就像马蒂尔德那样。

战争略有平息之后，父亲就替我报名去乔吉亚学习跳舞。我小时候曾上过一些芭蕾舞课，但是因为空袭中断了。马蒂尔德也上过很多舞蹈课，但是那些舞蹈功底突然就从她身上消失了，甚至从她记忆中被抹掉了。

每当我从音乐学院回家之后，我就在父亲面前跳舞。他会把乔尔吉叔叔喊过来一起欣赏，两个人大声地为我鼓掌，而姐姐就在一边远远地看着。对我父亲来说，这是一幅美好的画面，但他从未想到有一天我会对他说，我要以跳舞为职业。

他当然不愿意送我去纽约，但如果他不提供经济来源，我永远也无法实现这个愿望。

我发誓，在父亲听到姐姐支持他的意见时，他立即改变了立场。

"我们家族的女孩子不能独自出国，况且还是为了跳舞。爸爸，村子里的人该怎么议论我们？"

"你是唯一不能在这个问题上发表意见的人。看看你，我们家族的女孩子，在爸爸的眼皮底下都做了些什么？不管别人怎么说，海伊莱达终将要出国的。"

他这样说道，如同下达的最后通牒，当然也没有人再反对。

在他同意之后，我答应他还会申请服装设计专业，以保证我有一个技能型的专业。

"高级定制！"母亲尖叫。

"如果那样就太好了！"她说着法语，仿佛我已经成为服装设计界的宠儿。

"妈妈，我要去纽约，不是巴黎。"

"啊，想象一下那些华服和皮草！"

"妈妈，我想跳舞。"

"你将会做出最美的裙子,不要忘了妈妈。"

"啊,还有那些珠宝!"对于这件根本不可能发生的事情,她却充满了激情。我便随着她开心,并微笑地看着她。

父亲每个月都会给我寄生活费,给我很多很多钱。当我跟他讲纽约的事情,告诉他我已经开始安排自己的生活,跟一个服装设计工作室合作,已经赚到钱,并加入了一个舞团时,他却非常生气。

"我会一直给你钱花,哪怕你去了地球的另一端。"

这种供养是有条件的,每天早晚两次,我需要给他打电话,向他事无巨细地汇报我一天的生活。有时候母亲会抢过电话,她的声音在听筒里响起:"贝拉?漂亮的裙子在哪里?"开始时这一切都看起来很好,但是慢慢地这种联系却变成了负担。

"我想让你回来。"

"但是,爸爸,我不能。"

"这里的流言蜚语非常多,我给你一个月的时间,快点回来,不然我就要生气了。"

"你不能要求我回去,不是现在,我的事业和前途才刚刚开始。"

不等我把话说完,父亲就挂断了电话,最后还听到母亲在一边说着:"啊,阿斯阿德,问她裙子!裙子!"而我和你就是在那段时间里认识的,我们时不时地见面。第一次见面的时候,我隐瞒了我和家人的关系,我只想让你看到这个作为"海伊莱达"的我。

我当然不想回去。父亲切断了我两个月的生活费,然后意识到这样做完全不起作用,便又开始给我打电话,每天早上都用低沉的声音说:"我将会一直给你钱用,直到我死的那一天。你应该考虑一下回来的事情,你已经走了足够长的时间了,不要再远离我,我的女儿。"

当我的态度愈加固执,愈加坚持不回去时,他的语气就变得越平静。为什么父亲在我面前这么愤怒,我应该怎么做?他开始给我汇来更多的钱,说要做我事业的后盾。

我发现远离家乡之后,才开始反抗父亲。我曾经的生活是多么压抑,我仿佛被束缚在一个笼子里,一旦违背父亲的意志或者忤逆他的指示,我就害怕得发抖。我不能穿不合时宜的裙子,不能靠近姐姐,不能忘记祈祷。

我来到了纽约,这里像是另一种形式的安全区,让我可以远离他。我每次回来都只停留非常短的时间,并借口说自己很忙,因此不能在黎巴嫩久待。在过去的三年里,我都没有再回去过。我确实因为专注于事业和工作,而没有注意到自己改变了多少,也没想过七年的异国生活会重新塑造我的模样。

当再次回到这里时,我对他的态度变成挑衅。在此之前,只要他在场,我就怯懦不已。现在,我大声地说笑,把疯乔治带回家里,跟侄子侄女们一起嬉戏玩耍,并教他们一些会发出噪音的无聊把戏,比如在他们的手掌里吹气,在客厅里寻找母亲的宝藏等。

所有这些行为都是孩子气的、顽劣的,完全不符合我的年龄,但是我还是这样做了,甚至有一次我喊马蒂尔德到花园里来加入我们的游戏。

我悄悄地让侄子去求他妈妈,扯着她的衣服把她拽过来。当她走过来时,所有的孩子们都异口同声地要求她坐到我们中间来：

"马蒂尔德，马蒂尔德妈妈，马蒂尔德姨妈。"孩子们一起大喊。

她盘腿坐下来之后，孩子们就开始抢着教她如何发出噪音。"你把手这样，不对，不对，放在这里，然后吹气！"

当她吹出声音时，所有人就一起为她鼓掌。她微笑了很久，然后大笑起来。她咯咯的笑声就像是第一次来到人间的欣喜，她的双眼里充盈着泪水，几乎要哭出来。然后她真的哭了，但是哭得非常美，还伴随着笑声。

"啊，姐姐。"

我靠近她，用双臂拥抱她，我们哭成了一团，又一起大笑起来。我告诉她我非常爱她，并伸出手，用手指为她梳理头发，好像我要找回她彼时的秀发，仿佛只要我梳一点，她的头发就能重新焕发光彩。

我想起在异国他乡的这些年里，我几乎与姐姐中断了联系，只有少得可怜的几次电话。奇怪的是，我从来没有感觉到这样的思念会为旅程画上中止符，会让旅人放弃远方。我不再是那个骄奢的脆弱的女孩，不再害怕一个人生活在陌生的角落。只有很少得几次，我曾经感到悲伤和孤独，但是这种时刻转瞬即逝，我很快就恢复了精神和活力，并忘记了这里。

我觉得我们会夸大其词地描述祖国及对她的依恋。我曾经渴望看到玛莎·格雷厄姆跳舞的地方，我疯狂地热爱着纽约城的一切，狭窄的街道、拥挤的人流，仿佛我身处于"雅达利"①

---

① 1972年推出的一款游戏，最初仅生产12部，以简单点线接口仿真打乒乓球的游戏，奠定街机始祖地位。

和"play station"的电脑游戏里。

我发现自己并不爱过去我曾以为喜欢的东西，比如每天聚餐的长餐桌，又比如亲戚朋友们没完没了的拜访。除了跳舞，我过去的生活不过是一段没有意义的冗长岁月。

甚至在认识你之前，我还喜欢过纽约的男孩子。我在纽约认识了一个男人，并在他的汽车后座上失去了贞洁。当我告诉他我是处女的时候，他一副不可思议的样子大笑着说："二十四岁的处女？你在开玩笑吗？"

当他进入的时候，我尖叫出声。这时他才相信我没有开玩笑："上帝啊，你真的是处女。"

他没有停止，而是继续做完。我回到公寓后，竟不敢相信自己已经失去了贞操。我不悲伤，也不高兴，而是不知所措，整个人有点懵，好像突然之间我拥有了自己的身体，像我回到了村子，渡过了一个短暂的假期，我觉得我和自己之间有了一个小秘密，其他人都不知道。

有很多次，母亲在电话里企图让我坦白是否已经与男人发生了关系。我总是狡猾地回答："妈妈，你为什么有这么多问题？"然后告诉她我很忙，没有时间做这些事情。

挂上电话之后，我会笑着自言自语："妈妈，我在纽约，这个城市里没有一个处女。"

也许有些时候，我变得犯坏、顽劣、爱捣乱，甚至挑战父母所有的原则，故意让他们不高兴。也许那时的我愤怒、反叛、充满挑衅。但是时机已过，我再也变不回他们塑造的"海伊莱达"了。我已然是这样的一个女人了，在失去了纯真和贞洁之后，再也没有什么能把我变回去了。

206

我不知道自己是如何摆脱负罪感的。也许是儿时的"巴特里西亚"事件，教会了我怀疑修女，质疑明明没有犯错却要忏悔的意义。很多次，我强迫自己不要回想过去，或者为打破了亲人的期待而心生悔意。失去和得到对我来说并不重要。我热爱舞蹈、生活和艺术，我爱故我在。

　　我真的成功地摆脱了信仰吗？如果我做到了，那我为什么还要回来？有多少次，你求我只信仰我们的爱情，但是我发现自己做不到。我搞不清楚爱情究竟是信仰还是枷锁。我不明白为什么我要把你视为我的国。当我因为爱，去整理我们的床、叠你的衣服时，我就像那些普通的妻子们一样。但我并不知道，这样做能否创造一个新的家。

　　我已被第一个家撕成了碎片。在第二个家，我把每一块玻璃都擦得闪闪发光，就像在游戏里一样开怀大笑。我沉浸在你的怀抱里，直到夜幕降临，你好像变成了我的被子。醒来的时候，我能感觉到你的温暖就在身边，这种温暖有时候会在第二天一直伴随着我，宛若在心里藏了一颗小小的太阳。但是大多数时候，第一个家的画面会出现在我的脑海，仿佛在挑战我、质疑我能否再造新的记忆。难道我回到这里，看着这个地方，是为了告诉它"我可以"吗？告诉它，我们可以达成某种和解吗？难道是把记忆中所有的地方都腾出来，来结束与根的对抗吗？

2

这天早上，我和露易丝一起去看望疯乔治。路上我要求她告诉我，为什么婶婶不愿意继续做家族的一员。

"你父亲把她赶走了，因为他觉得是她害死了他哥哥"。

"她做错了什么？"

"你为什么非要追究这些往事？"

"他到底怎么了？告诉我关于伯父的事情吧。"

"他非常的聪明和英俊，但是他的脾气非常暴躁。"

"是的，还有呢？"

"他打她。"

"打他妻子吗？"

"是的，他打艾米莉。"

"为什么？"

"听着，海伊莱达，是她告诉我的。当时她全身淤青，被打得很重。"

"他难道不爱她吗？"

"他疯狂地爱着她，但是他有一些性方面的问题，几乎不能跟她过夫妻生活。所以他就打她。"

"上帝啊，怎么会这么疯狂？"

"艾米莉，是一个美丽而温柔的女人。你伯父没有杀任何人，那些巴勒斯坦人有一次绑架了他，夺走了他的枪，是的，有几个晚上，他都没有回家。你父亲去跟绑匪谈判，交了一大笔赎金。他回来的时候非常绝望。对于那几天的遭遇只字不提。他服用镇静剂，但是问题越来越严重。他想杀死艾米莉。他指控她背叛了自己，但他又做不到，最后他把左轮手枪朝着她，她吓哭了，但是他再一次举起手枪，冲着自己的脑袋扣下扳机。"

"你在说什么？他没有杀那三个巴勒斯坦人？"

"并没有，是你父亲想把整个自杀事件变成一个英雄事迹。但事实上，那只是一场悲剧。"

我觉得心中的怒火突然被点燃，而无法熄灭。原来这段故事从头到尾都是假的。而马吉德也被卷入我伯父的悲剧里。我们杀了他的母亲，他们欺辱了我伯父，虐待了他。我们的罪行都是一样的。但犯罪的不是我和马吉德，我们没有杀任何人。只是因为愤怒，我才会把那么多年前的错误强加到我们自己身上。我们是一对相爱的恋人。我们不能彼此伤害。父亲，粉饰英雄故事，否认任何失败也是你赞美战争的手段吗？

"那些巴勒斯坦人，他们为什么绑架他，他对他们做了什么？他的妻子做错了什么？她真的背叛了他吗？"

"亲爱的，别这样，我不认识她，我不会说谎。耶稣说我们不能说谎。那只是他的想象，所有的事情都只发生在他的脑袋里。"

"露易丝，但是父亲说，他说他是……"

"你父亲想保留他的尊严，他们的，尊严。"

"但是他骗了我。"

"不，不，老爷从来不说谎。这不是欺骗。他只是想让家族免遭流言蜚语。海伊莱达，你难道不知道人言可畏吗？老爷是一位善良而强大的男人，他之所以说你伯父杀了他们，是为了不让他的形象受损。"

"那些巴勒斯坦人，露易丝，他们是谁？"

"这是什么问题？"

"他们真的是我们的敌人吗？我们应该互相残杀吗？"

"他们……"

"露易丝，我需要知道他们是谁，他们真的伤害了我们的国家吗？"

"海伊莱达，我不知道。我只是一个仆人。"

"啊，露易丝！空袭的声音，所有这些战争和死难，所有这些都太可怕了。"

"这些我都知道。"

"所有的事情看起来都不会结束，房子外面的卫兵、马蒂尔德的悲伤、家里数不清的步枪，所有这些都令人害怕。有一天我们醒过来时发现战争虽然结束了，但是它的气味却依然留在这里，像鲜血一样腥，仿佛总有一个伤口在流血。"

我们继续往前走，露易丝默念着："圣母啊，圣母啊，圣母啊，玛丽亚，玛丽亚……"我握住她的手，仿佛要从她那里找到安全感或者平静。我们像活在故事里一样，我们应该互相慰藉，血肉相连。人与人身体的连结，有时候比语言更有力量。当你把手放在别人的手里，看着他们的眼睛时，你就能懂得其中的故事。语言所不能提炼的才是人与人关系的真谛。

我想告诉她，我爱上了你，一个巴勒斯坦人，但是当我想说出来的时候，舌头却害怕得动不了。终于我还是鼓起勇气，大声地喊道："露易丝，我爱上了一个巴勒斯坦男人。我爱上了一个巴勒斯坦男人，露易丝。"

　　我终于说出了这一连串的话，仿佛每一个词都争先恐后地一起蹦出来。她回过头来看着我，惊叫道："你疯了。"

　　"我的确是疯了，露易丝，是的，我疯了。但是这疯，发得好。就像疯乔治一样，是一种好的疯。"

　　"亲爱的，这个世界上有那么多男人。"

　　"这是爱情，露易丝，无法按社会标准来选择。"

　　我笑了。我看着这位从小照顾我和姐姐的女性，她为我们洗衣服，叠衬衣，整理床铺。她的个子很矮，有着黑色齐肩长发。她不是标准的美女，但是她温柔而善良。她没有结婚，也没有生过孩子，从没想过有一天会离开我父亲的房子，她从十三岁起就在家里服侍我的祖父母。

　　她母亲很早就过世了，那时她还很年幼，她的父亲把她送到我们家来做工，这样他就可以不用养活她。她从不悲伤，总是很知足的样子，好像她对人生的其他可能性全然不知。

　　"你们是一个优秀而尊贵的家庭。"她的父亲把她带来的时候，这样说道。

　　"不用担心，她在这里是安全的。"我祖母如此回答，然后她带着露易丝去洗澡，给她换上新衣服，并教会她所有的家务活。她跟我的叔叔们和平共处，遵守家规，学习我祖母的黄金原则："墙里发生的事，绝不能泄漏到墙外。"

　　她见证了家族里所有的大事，芝麻蒜皮的小事也了如指掌。甚至当祖母一次又一次地问她，是否想离开或者结婚，到家族之外的地方生活的时候，她总会说："太太，我愿意留在这个家里直到我进入坟墓的那一天，别的我都不想要。"她说这话的时候，语气里没有任何伤心或者哀怨的情绪，反而是一种知足。在她的眼里，这个家的地位是无比神圣的。

战争期间，每当有伤员被送来，露易丝总会清洁家里的地板。每次清洁结束的时候，她都会在楼梯上洒一些水，仿佛这是一种仪式能够驱赶魔鬼。她从未参与过救援伤员的工作，因为她性格太脆弱。那时，我母亲反而变成了一个坚强的女人，跟平日里那个娇生惯养的太太完全是两个人。

母亲有能力面对鲜血、处理伤口。急救伤员对她来说是一件严肃的事情。没有时间来害怕和惊慌。她会取出纱布和棉花，让露易丝给她准备好热水和绷带，然后独立完成所有的包扎工作，最后会就累得酣然大睡。当她醒来时，好像只是完成了一项非常普通的工作。对她而言，与伤口和鲜血打交道已成为日常生活的一部分。

3

狭小的地下室里有三个房间，其中两个有一道拱门相连，我的叔叔乔尔吉大多数时间都待在里面。孩子们不被允许进入这个地方，我一直幻想着那里是地狱深处。母亲是唯一有钥匙的人。我知道其中一个房间里放了家里的各种物资，橄榄油、米和葡萄酒。

秋天来临之时，就会有来自其他地区的阿拉伯工人来摘橄榄，然后我们会把橄榄送到榨油坊。工人的妻子们也来一起帮忙，先在平地上铺上塑料膜，再把摘下来的橄榄果进行晾晒，最后把它跟油、醋一起装入玻璃罐子里。

她们戴着围巾或帽子，一边工作一边聊天。我当时不允许与她们有太多接触，母亲说担心她们身上有"虱子"。一天的工作结束后，她们的手会变成黑色，一双双长年累月辛劳工作的手，会变得又糙又硬。

村中的富人都在采收季雇佣阿拉伯工人，他们睡在帐篷或者水泥板房里，房子的屋顶是稻草搭的，就这样一直到采完所有的橄榄。我曾经很喜欢这种喧闹的场面，整个村子都变得熙熙攘攘，让人联想到战争结束后繁忙的生活景象。

第一个房间里是大家都知道的"公开的秘密"，但是另外两间相连的屋子，对我来说一直是个谜。这一次回来，我要求叔叔陪我去一次地下室。在我的强烈要求下，他竟然同意了。

我们顺着房子的楼梯慢慢走下去，地下室很快就出现在眼前。

"听着，海伊莱达。你只知道乔尔吉是你的叔叔。"

"我知道很多。"

"你知道什么？"

"你和我父亲，你们曾经是战士。"

"你父亲曾经是将军，他不是普通的战士。"

"我曾经看到你们俩扛着枪和子弹，每天夜里离开家。我看到很多人聚集在我们家的客厅里，叔叔，我已经长大了，不再是个孩子了。"

"那些日子啊……"

"那些日子怎么了？那些是好日子吗？"

"我们是强者，觉得自己永远不会被打败。我们的梦想是实现'大黎巴嫩'。"

"所有这些到了今天，还剩下什么呢？"

"我们会统治这个国家，荣耀永远属于我们。"

"通过战争？"

"战争是残酷的，但有些时候是必须的。"

我打断他，说道："叔叔，把门打开，让我们进去继续把话说完。"

我害怕他会犹豫，让我放弃进入秘密小屋的念头。他把钥匙插进锁眼，向右侧转动钥匙："嗒"第一道锁开了，"嗒"第二道也开了。他把门往里推，耳边响起木门发出的声音，我跟着走了进去。

他伸手在靠近门的地方找到了电闸，打开了房间里的灯。黄色的灯光逐一亮起，黑暗随之退去，直到房间的每个角落都变得明亮。我不是在一间地下室，而是在一间艺术工作室。这两间连在一起的房间里，中间是一道拱门，其中一间放满了雕塑、塑像，另外一间则装满了没有完成的作品和原料，包括石膏、石块、泥巴、凿子和模具。

"这是什么？这些都是谁做的？"

"你的叔叔乔尔吉。"

"为什么你要把这些都藏起来？"

我在房间里四处走动，仔细地看着这些雕塑作品，其中大多数的人像雕塑是没有四肢的，没有手指的男人，没有耳朵的人，一只乳房被割掉、另一只乳房耷拉到腹部的女人，以及很多没有头或者没有腿的男人。还有大炮的塑像，一些人体四肢的雕塑等。

他指着几座雕塑对我说："有一些雕塑我是用小石子和岩石块完成的，工具是凿子，有些则是用金属。你看那个，就是用泥巴做的，我先用手完成塑形，然后再用石膏做一个模子。"

"你为什么把他们都做成这样？"

"怎么了？"

"残缺。"

我不知道这算不算艺术，也不知道是否应该对这些作品表示欣赏，甚至不知道它们是否需要别人的欣赏。我们生活在同一座大房子里，房子底下却是一具具尸体和人类身体的碎片。这个地方就像被下了诅咒。这个国家就像是一个巨大的集体坟墓，所有人再一起把墓地填平，然后在上面盖起了自己的房子。在这个地下室里，我仿佛与空袭的受难者们面对面，还有那些我叔叔无法从脑海里抹掉的炮火的画面。这里并没有红色的血迹，但是我发誓，我听到了人们的叫喊和呻吟。

为什么回忆令人这样伤痛，甚至让人的内心永远保持警醒？为什么我们不能看着过去的双眼，平和地对它说："一切都过去了。"为什么伤痛不能成为一件转瞬即逝的小事？为什么当我们看到某些画面的时候，我们无法停止哭泣？即使有趣事发生，我们也无法像当初那样开怀大笑？悲伤里到底藏着什么秘密，让它难以消失？

我陷入了沉思，叔叔的声音又把我带回现实："你为什么要回来，海伊莱达？"

"为什么要回来？"看着这些雕塑，我反复地问自己。我努力控制泪腺，不让眼泪流下来，并鼓起所有的勇气，对他说道："我就是为了这些才回来的。因为我还没有看到所有的残缺。我永远也看不完。"

"你已经带着一切走了，变得离我们非常遥远，然后你突然之间回来了，好像是要跟我们所有人算账。"

"我回来是为了看看你们，看看妈妈和姐姐，还有……"

"还有谁，海伊莱达？你回来是为了让你父亲认罪，让我们所有人认罪。我从你的眼睛里看到了质问和责难。你想知道我们杀了多少人，让我替你数一数有多少具尸体？这样你就会高兴吗？你想让亲人承认自己是战犯，你难道要回到纽约痛斥你家族的黑暗吗？你想要什么？我们就如同你的皮肤，我的小侄女。你如果把自己的皮肤剥掉，痛的是你自己，而不是我们。"

"我想搞明白这一切。"

"你这样做只能让自己白白受累，你说服不了任何人。选择的机会早已错过了。我的侄女。"

"叔叔，你的这些雕塑，他们在认错。"

他的笑声回荡在地下室的每个角落："认错？我的这些雕塑，它们是有生命和力量的。我们都曾经是强大的男人，我们不需要任何人的帮助。"

"身体四肢都被砍掉了，哪里来的力量？什么力量？"

"让这座房子永远屹立不倒的力量，让你有机会出国学习的力量，让你可以学习跳舞，保持奢侈生活的力量。他们曾经夺走了我们的一切，你明白吗？我们只能反击和战斗，保护我们所拥有的一切。"

"你们现在在做什么？你们胜利了吗？"

"我们尽力了。"

"这些堆积成山的尸骨难道就是胜利吗？叔叔你知道吗，战争中最令人痛苦的是人们只能在惊恐中死去，而没有机会躺在病床上微笑着与灵魂告别。"

"我为你雕刻一轮太阳或者一束玫瑰，你就满意了吗，海伊莱达？还是我给你画一棵树？孩子啊，这就是生活。我不想对你太残酷，但是你也不能指责我们。"

"我不想吵架，叔叔。我已经长大了，不再是那个央求你画树的年纪。"

"我们现在可以出去了吗？"

"好的，我们出去。"

4

　　这里的大多数人认为，把自己扔进一个未知的世界是一件很简单的事，好像只需要把生活打包进一个拉杆箱，然后出发即可。我也不知道自己是怎么做到的。我说英语的时候，他们会笑我，让我说得慢一点。可是他们不知道我已经变了，而只是希望把我缺席的七年抹掉，或者简单地说一句："跟我们说说美国吧。"

　　姐姐会捂着嘴笑出声。因为我总是给她讲一些瞎编的故事。我说那里有长着四只眼睛的女人和没有牙齿的男人。其实我只是在故意地讽刺。哥哥会一本正经地打断我，跟父亲讲那里的工业和社会的进步、金钱和公司的运转。父亲会骄傲地点头。然后我会故意打断他们，说几句关于纽约的事情，再闭上嘴。

　　你知道为什么吗？我发现自己并不了解生活了七年的这座城市，我可以说它是一个神奇的地方，但不能说真的了解它。聊天的话题改变了，我让姐姐跟我一起到阳台上待一会儿。父亲则投来不悦的目光。但我依旧拉住她的手，走出了房间。

　　"你知道吗，马蒂尔德？去纽约最棒的地方就是可以远离这里。我不知道自己是否对那座城市了如指掌，我也不想书写新的记忆。我只想享受这种身处异地的感觉。"

"但你总有一天会需要新的记忆。"

"不，我为什么要给自己负担？"

"你现在回来了，就是因为你需要新的记忆。"

"不，我回来只是为了你们……我想看看你们。比如你，你难道就不想换个地方生活？"

"完全不。"

"但是，你在这里并不快乐。"

"我们很好，很快乐，特别是战争结束之后。"

"姐，这算什么快乐？你几乎都不笑。"

"我有家庭，有孩子，有父母和丈夫。"

"父亲？难道你不是因为他才这么难过吗？"

"为什么我要难过？"

"他对你不公，马蒂尔德，难道你没有感觉到吗？"

"你不能这样说，父亲是一个伟大的男人。"

"但是，马蒂尔德……"

"听着，海伊莱达，我犯了错，所以我应该为自己的过错付出代价。我想洗清过错，并希望有一天他能原谅我。"

我不敢相信自己的耳朵，简直无法相信我所听到的。我一头秀发的美丽姐姐，竟然认为她自己是错的。她开始跟我讲她消失的那段日子，描述她昏迷前的感受。"上帝啊，救救我们吧。"每说几句，她就会重复这句话。

我听着她此刻说的话，才发现认错并非在任何时候都是一种美德，有时候反而是一种投降。当我打断她，并提醒她在战争期间给那些战士们提供吗啡的人正是父亲时，她便立刻反驳我，解释说他只是为了帮助他们以更好的状态参加战斗。我继续听她说着，发现我已在心里"杀死了"父亲，在杀死他的同时也杀死了自己的某些部分。我杀死了自己阴郁的祖国，就在我身处其中的此刻。在犯下这些罪行之后，我感到一种由背叛带来的强烈快感。在用自己的双手埋葬了它们之后，我像其他那些非故意犯罪的人一样哭泣。

我把埋葬尸体的土扬起，抹在自己的脸颊、胸口、全身上下。我用白布把尸体包裹好，为它们入殓，然后站在坟墓上开始跳舞，来自一个灵魂出窍的女人的舞蹈。坟墓之下，它们听到我的舞步，这让它们愤怒。旁观的人却为我鼓掌。他们看不到舞台之下埋葬了什么，只看到一个身体从另一个身体里出来，并越来越多。他们认为这个画面是精彩绝伦的。

我吃惊地听着马蒂尔德的话，并反问自己难道只有我看到了父亲的错吗？为什么他们都对自己经历的一切毫无怨言？为什么父亲可以把所有人都复制成他的模样？我本来想拿一面镜子让他们看到灵魂的裂缝，但是他们却平静得令人愤怒，如同一块块无法撼动的顽石，而我仿佛是在多管闲事，他们的麻木有时甚至让我觉得羡慕。

玛莎·格雷厄姆说："这世上没有一个人是知足的，甚至在任何时候都不知足。人之所以存在就因为神明的不知足。焦虑让我们不断地进步，让我们成为与众不同的生灵。"

也许我的朋友说得完全正确，但是她忘了那该死的焦虑也会令我们成为最愚蠢的人类，逼着我们跟心中的魔鬼共舞，这样才能配得上"专业舞者"的称号。也许我注定要焦虑地投身于这门艺术，让我的身体重新创造一个自我。

5

　　这天早上，太阳早早地就升起来了。我仔细地打量着一束束光线，好奇每天洒满大地的光束是否都是相同的，或者说光的寿命只有几个小时，同一天中的光是否会不断重生？人的记忆又如何才能被改变？我们回到遥远的村庄，看到那些只能在他们面前装聋作哑的人，而他们早已生儿育女并过着平静的生活。我已经长大了，并改变了头发的颜色。第一个跟我跳舞的男人会如何看待我？那片我们曾经躲在里面偷偷接吻的树林是否还是原来的模样？女人如何能忘记她献出初吻的那个男人？如何知道他是否已经变成另外一个人？又如何才能知道她还是不是原来的自己？时间的齿轮永不停歇，我们再也回不到过去。

　　我也在想你，你曾告诉我美国是一个危险的国家，纽约就像地狱，人一旦走进去就再也不想离开。"在美国，人民和政府之间有着巨大的差别。你知道美国和以色列政府吗，它们抹杀了我们的文明，毁弃了我们的古迹，残杀和驱逐我们的家人和同胞，然后再告诉全世界我们是罪人，是恐怖分子。美国是一个危险的国家，它掩盖真相，伪造罪行，只是为了统治全世界而找借口。我的小宝贝，这里没有真相，我们在这里只能迷失自己。"

有关战争的故事都大同小异。凶手总会为掩盖罪行而找到借口，受害者也会为自己找到莫须有的罪名。在破碎的利益关系中，真相总是缺失的，既没有讲述者，也没有听众。这里所有的人都认为战争是不可避免的，他们是必须要战斗的，以致把残忍视为美德。所以，父亲对于他们来说是永远不会犯错的英雄。

不久前，我试着联系你，但是你却对我这么残忍。我曾发誓，再也不要见到你，并希望有一天你能够明白。就在今天，我突然意识到远离你是多么残酷，仿佛我的子宫里有一个洞，只有你才能把它填满。

我需要跟你说话，这样我才知道另一个海伊莱达还活在世上。我看着自己，觉得这是一个不一样的女人。多年以前我就习惯的味道、我曾每天观察的鸟窝、村里的乡亲，所有这些都是我的一部分。而现在，在我和他们之间有了一道无法逾越的鸿沟，仿佛我从未了解过他们，仿佛所有人都喜欢的那个女孩一天也没有存在过。

我从窗台上看到疯乔治，他正跑着躲避一群孩子的追赶。我快速朝他们走去，可他已经倒在了地上，而且一条腿受了伤。看到我靠近他们时，孩子们全都跑掉了。我骂了他们几句，并吓唬他们要打断他们的腿。乔治的脸憋得通红，喘着粗气像一条愤怒的龙，他低头拔着地上的草，然后扔到身后。

"乔治，你流血了，过来，我带你去包扎伤口。"

"啊啊啊。"他摇着头拒绝。

"你应该跟我走，求你了乔治。就听我这一次。"

他依旧没有答应，我快速跑回屋里，拿了酒精、毛巾和绷带来处理伤口。他坐在原地，继续拔着草。我把他的腿伸开，帮他清理伤口。他把腿抽回去，我就诱骗他重新把腿伸开："那些小狗崽子，他们伤害了你，走着瞧，我要给他们点颜色看看。"

　　我一边跟他聊天，一边帮他把腿上的血擦干净。当我抬起头的时候，发现疯乔治正在剧烈地无声地抽泣着。

　　"亲爱的，不要哭。你怎么了，乔治？"

　　我靠近他，并把他拥入怀里。

　　"亲爱的，你也希望有一个妈妈，给你做早饭，等你放学回家。你也想跟他们一样做一个普通的孩子，对不对？"

　　在这个男人的身体里关着一个小孩。他还在抽泣着，我们就这样坐在那里絮絮叨叨地说了半个小时。当我们回到房间的时候，父亲也在客厅里。

　　"海伊莱达，你为什么非要跟这个疯子在一起？"

　　"爸爸！"

　　他继续说着难听的话，我走进厨房请露易丝照顾疯乔治并把他送回家。然后生气地走出来，问他道："你为什么要这样对他？"

　　"上帝，他是个疯子。你不需要这样维护他。"

　　"听着，爸爸。也许乔治以前不能进入我们的房子，但是现在不一样，只要我在。"

　　"这是我的房子，要按照我的规矩办事。"

　　"我再也不会回来了，我发誓。"

　　"啊，你这个倔强的孩子，我做的所有事情都是为了你。"

这是我第一次直接冲撞父亲，家里人很快都围了过来。我坚持着自己的态度，很强硬。所有人都让我回自己的房间，我发现自己已筋疲力尽地沦陷在人群中间，便只好照做。但我依然用挑战的眼神看着他，直到上楼进入房间。

我关上门，立刻大哭起来。母亲也紧跟着我来到门口。

"海伊莱达，把门打开。"

我没有回答。

"海伊莱达，妈妈没有惹到你吧，开门。"

她一再坚持，我只好把门打开。

"海伊莱达，你为什么跟爸爸吵架？为什么哭？爸爸怎么了？"

"他为什么要赶走乔治？"

她对我说不要在这些事上犯傻，不要做不符合身份的事情。

"妈妈，在我的人生中，你总是要我爱基督，妈妈，基督爱弱者和可怜的人，而现在你却批评我，就因为我同情了一个孤儿。"

我原本可以继续跟她说，我们家的做法违背了宗教的旨意，就是那个让他们日日夜夜祈祷的宗教，但我并没有这样做而只是继续号啕大哭。记得在我小时候，哭是不允许的，好像眼泪是错的。我们可以犯错，但是不能说出来。

其实我哭的原因有很多，我在这里已经完全变成了一个陌生人。人们只知道我在美国学服装设计和舞蹈，甚至有些人默默地认为我是一个罪人。只不过碍于家族的威严，没有人敢说出自己的观点而已。但是我知道，女人们的小圈子里流传着我的种种非议："一个女孩离开这里，跑到美国去就是为了扭腰晃屁股，为什么非要跑去美国，在这里就不能扭腰晃屁股了吗？"即使这些非议让我觉得悲伤，我也不想因此而哭泣。有些时候，我只是用哭泣来证明自己还活着。在内心深处的某个地方，我已经颠覆了他们的期望，好像成了一个持续跳进火坑的人。这种燃烧变成了寻找真相的执着，像跳舞一样上瘾。我一次又一次地强迫身体去超越它的极限，然后创造出新的身体。在音乐的节奏中，我与神对话。他们如果要我忏悔，我便邀请他们变成像我一样的血肉之躯，并一同感受尘世的快乐。

6

日复一日，父亲的耐心几乎已被我耗尽。一开始，他认为我的所作所为只是一种年轻气盛或者不符合身份的淘气。我打开音乐，在自己的房间里跳舞。我和疯乔治一起出去玩，一待就是好几个小时。我放声大笑。我也不知道自己要向他证明什么。有时候我什么也不做。每当我看到四周的墙壁，便明白了自己当初为什么要走。

他有时候来到我的房间，并假装没有生气，还让我跳舞给他看。但我拒绝了他的请求。他便给我讲橄榄采摘季的事情，回忆我小时候如何在他怀里玩耍。却不问我为什么这样。

我看着他，并再一次说起战争的问题。为什么法利德叔叔自杀了？为什么禁止他的妻子来看我们？他重复着同样的回答，甚至语气越来越坚定。他说有些人就是该死，比如那些巴勒斯坦人，那些他谎称被我叔叔杀了的人。他说了很多事情，并告诉我很快就要在政府担任要职，只要他能当上部长，就能重新给家族带来荣誉。

他说长枪党的势力已不如过去，我们必须找回曾经的荣耀。他说今天刚去拜访了"我们的先生"，那是他认识的一个权力很大的宗教人物。"海伊莱达，我们的一切都会改变。你一定跟我一样感觉沮丧和屈辱，但是很快我们就能得到公正的待遇了。"

我告诉他，他对我的假设是错的，我离开这里并不是因为我们战败了，而是因为我们发起了战争。他笑了，拍拍我的脑袋，说我还小，不知道自己在说什么。他会安排好所有的事情，并将重新拥有过去的辉煌和权势。

房间里此刻只有他的声音。我想大声告诉他，他说话时嘴唇翕动的样子、坚持扮演超脱世事的骄傲英雄的姿态，就像是一部冗长的电视剧。他越想隐藏自己的真实目的，反而越让他在我面前暴露无遗。他想表现得很有远见，其实只是短视而已。他用越来越高的声调说着那些完全不值得推敲的道理，他坚持活在自圆其说的谬论里。他不断地重复着，我甚至都能背出他内心的台词，我看到的不过是一场漫长的幻想中的独角戏。

这就是我们一直以来的生活，幻想着力量，幻想着我们是最优秀、最高贵和最有道德的人。我们迷信这个幻想。如果我告诉父亲，一个流亡在异国的巴勒斯坦人竟不接他女儿的电话，他会怎么做？如果我投入他的怀抱并告诉他，你有时会因为我们的罪行来惩罚我，他又会怎么做？

他是否想过，我们有一天会互换身份？又是否想过给士兵们的毒品会落入自己女儿的手中，他在那些死难者身上造成的伤害会根植在我们每个人的心里？如果我告诉他，他可能在不知情的时候已经导致了你的家破人亡，我也已经知道了伯父死去的真相。这些会让他停下来，还是只会激怒他，让他变得更加残酷？

在这场对弈中，我选择了沉默，因为我们必将两败俱伤。在房间里，我听到一个声音，是我的行李箱提醒我重新启程，以回到那片魂牵梦萦的土地的声音。

"爸爸，我明天就走了。"

"什么？"

"我明天就走了，爸爸。"

"你不想留在我身边了吗，海伊莱达？你现在已经变成了一个陌生人。我做这一切都是为了你，你却又要离开。这一次你又要走多久？"

我没有回答，而是用力地关上房门，可他还在重复地说着："啊，你这个小顽固！"

在餐厅里，所有人都围坐在了餐桌前。我的行李已在客厅随时待命，箱子也已排队站好、准备出发，仿佛比我还要激动。

大家都安静地吃饭，静得异乎寻常。这是我第一次感觉到家里一点声音都没有。我对他们说，在走之前我有一件重要的事情要告诉大家。然后，我便开始讲你的事情。

"我在纽约认识了一个善良的年轻人，他的样子很温暖，在事业上非常成功。我们俩在一起待很久也不会觉得无聊。他对我很好，仿佛拿着一面镜子，让我看到这个世界不同的角度和颜色，让我感到了温暖。我爱他，他也非常爱我，尽管有时候他表现得像个孩子，尽管他经常害怕失去我。"

所有人都听着，没有任何反应。我告诉他们，你跟我很像，我们两个都是生活在纽约的异乡人，而且我们需要成为异乡人。我还说，我喜欢你黑色的双眼，并向他们描述你的眼睛在黑暗中是多么明亮。然后我告诉他们，你的脸上有一道伤疤，而且你不能正常地走路。

"他为什么变成这样？为什么之前不告诉我们？为什么他没有跟你一起回来？"姐姐问道。

"啊，我忘了告诉你们，他是一个巴勒斯坦人。他之所以变成这样，是因为在萨卜拉和夏蒂拉难民营的时候，流弹打伤了他。"

我的手里仿佛捏着一根刺，想在临走前把它扎进每个人的心里。但我的话还没有说完，外面就传来了敲门声。到访的是村子里的代表团，女人们欢呼的声音也随之而起。男人们拿着长枪，向天空开枪。哥哥走进来，传达喜讯："爸爸，爸爸，你的名字在新内阁名单里，下午就会公布。我已经确认了消息，尊贵的部长阁下，社会部部长阁下！"

部长阁下！部长阁下！恭喜恭喜！步步高升！欢呼声四起。天空中响起一声接一声的炮火。我平静地提起行李，在一片嘈杂声中全身而退。再也没有回头。

那些声音足以掩盖我的消失，而不会引起任何人的注意。